U0905791

上海市井

李大伟 著
范生福 绘

上海世纪出版集团
上海文化出版社

第二辑

图书在版编目（CIP）数据

上海市井. 第二辑 / 李大伟著. -- 上海 : 上海文化出版社, 2018.8（2019.1重印）

ISBN 978-7-5535-1374-4

Ⅰ. ①上… Ⅱ. ①李… Ⅲ. ①散文集 - 中国 - 当代 Ⅳ. ①I267

中国版本图书馆CIP数据核字(2018)第179893号

出 版 人：姜逸青

责任编辑：罗 英

整体设计：王 伟

书 名：上海市井. 第二辑

作 者：李大伟

出 版：上海世纪出版集团 上海文化出版社

地 址：上海市绍兴路7号 200020

发 行：上海文艺出版社发行中心

上海绍兴路50号 200020 www.ewen.co

印 刷：上海天地海设计印刷有限公司

开 本：700×1000 1/16

印 张：11.5

印 次：2018年8月第一版 2019年1月第二次印刷

书 号：ISBN 978-7-5535-1374-4/I.511

定 价：38.00元

目录

男女

朋友

世道

性情

忆旧

自序

底层的智慧

在我，《上海市井》不是第一本书，却是冠以“上海”两字的第一部，之后，不紧不慢，狗尾续貂地结集出版了《上海生意经》《上海腔调》，今天又有了系列的第四本——《上海市井》第二辑，瓜熟蒂落，脱胎而出。前一本《上海市井》就成为第一辑了，上海话：顶了杠头上！

《上海市井》第一辑出版于2006年，一晃十二年过去了，不堪回首。第一辑的《上海市井》，定格于大杨浦，在那里我度过了童年、少年、青年时代，无忧无虑地从黑白照片到黑白电视的时代，那是个有阶层、无阶级的时代，我记不住有菜少肉、有米少油，只有旧衣服，很少新衣服的短缺时代的不幸，只记住穷开心的日子：上课看窗外，下课在野外。只记得没有考试、没有作业，更没有刷题、重复练戆，也没有学到今天不曾用过的知识，做自己喜欢做的事情、学喜欢学的东西，这样的童年是快乐的，所以忍不住一点一滴、一笔一画镌刻在方格纸上，成就了《上海市井》第一辑，是上海版的《小屁孩的日记》，是顽童成长记。

出版第一辑的时候，我已经离开了鞍山六村，迁入高尚地段，但我忘不了大杨浦，所以在离鞍山六村一箭之遥的江浦路上，开了一家器宇轩昂的六艺茶馆。为什么开茶馆，而不是咖啡馆？咖啡馆是上只角的，是淮海路的，不属于我。茶馆才属于中国，属于大杨浦，属于平头百姓。开茶馆不赚钱，但我从未想过关门，因为茶馆老百姓进得来，隔壁邻居进得来，这个地段也方便有绰号、有缺点、有不良嗜好的朋友来往，我可以在此喝茶、采风，感受世俗的率真。

对面蒋家浜里的混混，偶尔也衣帽端正地到我茶馆，因为女经理很漂亮，他们对着女经理虚张声势地感慨道：“侬老板流氓做得大呃！”“啥意思？”“阿拉‘头上生疮、脚底淌脓’，做人算得上坏到底了”，说着张开五指，一一扳屈手指，“侬看：吃、喝、嫖、赌，即便再加上偷，也不过五毒俱全，侬老板号称

‘六艺’。”经理指着他们笑着说：“呶呶，没有文化了伐。”蒋家浜的马上截断：“哎、哎、哎，阿拉懂呃，网上查过了，孔夫子的六个才艺，就是六只混饭吃的生活（沪语：本事）呀。”自从有了互联网，知识唾手可得，连流氓也很文化，知识不再奇货可居，学富五车成为多余，大学生武功废掉，真可怕。这样的朋友才有真性情，不藏不掖，襟怀坦荡。在那里，我可以推杯换盏、杯盘狼藉地喝酒聊天：“醉能同其乐，醒能著以文。”诗酒文章才有性情，才有趣味，才有“同臭同趣味”的读者。这样的读者越多，我越兴奋，吃瓜群众夸道：“阿Q真能干。”阿Q干得更起劲。

每个人心中，往往落满昔日尘埃，日常琐事，文学描写苦难，对象往往是民间、市井，而不是庙堂。社会是金字塔，底部永远是最大的，这样的读者也是最多的，知音也最多。我的文艺观：为吃瓜群众写作，写社会底层的角角落落，写社会底层的喜怒哀乐，与底层社会同起博、共心跳。

所以，我从不去曾经的法租界、会所式的文学场所，那个地段是名利场——解放前出流氓、贩鸦片、卖大腿，充满了利益熏心的利；今天是“长巾披肩宽檐帽”的仕女们发嗲的地方，充满了浮世虚名的名，怎么成了文学场所？场所怎么成了会所，会所就脱离人民、脱离市井，脱离了文学的苦难本色，充其量是借文学拗造型的舞台。上世纪90年代流行联语式的招商口号：“商业搭台，文艺唱戏”，这不是二奶小三的角色吗？丘耻之，在下亦耻之。文学永远是普罗大众的，不是象牙塔里的工艺品

我这个人还保持了老山东的侉子味：有点直、有点傻，不会装。看见长巾披肩宽檐帽的，侧目以视，嗤之以鼻：“帽子党”。咖啡店里有，茶馆店里无。在茶馆里，我可以隐入市井，与本色在一起，混同一个普通老百姓。茶馆使我的文章有烟火气，无烟霞气，我的文章就是在六艺茶馆一篇篇拟就，经过一段时间沉

淀，再在书房里精雕细琢，加点儿书卷气的雅、灵光一闪的噱，勾兑成雅俗共赏的李氏随笔，然后刊发在《新民晚报·夜光杯》，我在其中有个个人专栏：五颜六色，一写快二十年了。因为我不耻于俗，所以永远浸泡在市俗场景里，用老朽的文艺观来说：下基层，有生活。这要感谢大杨浦的六艺茶馆，还要感谢三教九流的朋友们，尤其七歪八斜的大杨浦的朋友们。

十二年过去了，我的文章依旧写市井琐事，如果说有什么变化的话，除了“放噱头、讲故事、寻开心”，还镶嵌了更多的人情世故，上海话做人的“软硬筋”。用学术语言概括：比第一辑深刻了。用读者的语言表述：比第一辑醇厚了。用朋友的话来说：要学做人，尤其上海人，请读迭呃“胖友”的随笔，那里充满了人情世故的细节；尤其新上海人，这是一本“上海化”的“悦读”教材，值得新上海人睡前翻翻，但饭前“忌”读，喷饭！当心呛着，它不仅仅是开胃点心。

相比《上海市井》第一辑，多了些世故，持笔者好像长胡子了，毕竟持笔者也虚长了十二岁。又到了本命年，但这只狗，比前只狗，狡猾多了，这也反映在第二辑中，除了噱，还有些诡异，这就是文章的深度。

2018年8月3日

市井

拓（te）便宜

上海女人，退休前是阿姨，退休后变阿婆了，特别怕寂寞，路上遇见老同事，真是“久旱逢甘霖”，甲手心搭着乙手背，张三李四，扯东道西，说不完的千言万语。忽来一阵风，要下雨了，拽着对方：“走，到车上谈！”因为在上海，曾经70岁以上的上海户籍老人，坐公共交通是免费的，公交车成了移动天棚。

这种行为就叫“拓（te）便宜”。

庙前碑文，若出自名家，书法爱好者会蒙上纸，用棉芯棰轻轻敲，显出凹凸，再涂上墨，凸出文字，就是一幅影印碑帖，这种手法就叫“拓”：不费一分，不损他人，好比到海边舀水，上海人称之为“拓便宜”。

拓，符合上海人的处世哲学：利己不碍他人。“拓”在上海人嘴里读“te”。上海话是工商语，喜欢浓缩词句，“拓便宜”简化为一个字：“拓”，此时的“拓”，又回归普通话：tɑ。书画拍卖会上，作为宣传推广的画册，都是奉送的，比出版社出版的还要精美，到拍卖会领取画册叫“拓”，“朋友，侬又去拓（tɑ）了”，不出钞票不害人，这个便宜上海人要拓呃。

时下的上海话越来越普通化（话）了，过去读“拓（te）”现在读“tɑ”，好比“我”读“喔”，大读“dɑ”，过去的“大”读“杜”，大小读“杜小”。

到村前的小河里挑水，是“拓便宜”，属于互联网的概念：分享；到邻居家的水缸里挑水，是“沾便宜”，近似盗窃。菜场里买块姜，卖姜阿婆送侬一根葱，那是“拓便宜”；顺手拿根葱，这叫“沾便宜”，就是湿手沾面粉，“刮皮”朋友！

老同学聚会，散席后，有车族请你搭车，你一定要问一问：“同一方向？”倘若同方向，那是“拓便宜”，顺水人情。同一方向但不同地点，到了分叉口坚决要求下车，这叫“拎得清”。装糊涂，不下车，让对方绕圈送你到家，就是“沾便宜”。“人耻之，丘亦耻之”，上海人不为。若相反方向，你拽他他也不坐。若敢坐，那是“不识相”！纯粹“斩葱头”。

当然，恶作剧例外。我的大学同学，出国者近半，凡有回国探亲者，在上海的同学常常聚拢在我的六艺茶馆，也算同学聚会。有位同学，好大言，口惠而实不至，“语言的巨人，行动的矮子”，但他有个好，开得起玩笑，有唾面自干的雅量。那天他开来一辆新买的电动车，号称为了环保。饭后四位回浦东的同学捉弄他，一定要搭他车，他住在川沙，顺路，而且在他前面下车，但他找借口拒绝，说电动车动力小，空调一开，就驮不动你们四个了，四个同学异口同声：“开不动，我们下来推，四个人总推得动你一个人。”死皮赖脸缠住他，层层剥笋，直至暴露出他的小九九于光天化日之下。这不是拓便宜，也不是沾便宜了，近似强买强卖，欺行霸市。

上海各大卖场都有定时免费班车，到社区一站站接客人，班车嘛，一人也是开，百人也是开，最忌空，最喜满。上海人乘机搭乘免费班车，凡是中途下车的，肯定是探亲访友，号称“顺风车”。坐你顺风车，替你捧个场，利人利己，问心无愧，这就是上海人的典型思维方式：上半夜想想自己，后半夜想想人家。上半夜盘算自己利益，有，可以做；下半夜考虑人家，倘若损人才能利己，不能做，追求“侬好我好大家好”。

上海人喜欢拓便宜，拓便宜是一种生存智慧：寻找共赢的盈利点，侬要人气，我要免费；最恨沾便宜，抽烟只抽“伸手牌”香烟，属于小刁模子。

现在这个风气也传到美国的赌场，每天早晨灰狗到华人街区接人，与中国做法不同，乘客先买11元的来回车票，保障灰狗公司有利可图，可以持续不竭。上了车，赌场发券，每人两张，一张是赌场50美元的筹码，到了赌场，不赌的人，可以兑换成等值美元，还有一张是15美元的就餐券。下午坐车回家，白赚39元，相当于当地三小时的最低工资。

美国赌场的班车，不仅免费，而且有赏，赌场老板也在赌，赌你“忍不住”的贪婪，万一你下场赌一把呢？好比理想，都说不可能，万一实现了呢？杠头开花。初来乍到，不妨坐一回赌场班车，既体验民情，又浏览风光，沿途一小时都是葡萄园、水果园，还有零钱与饭钱“等你拿”，这趟旅行应该冠名“三得利”，相比大卖场的免费班车更合算，既“拓便宜”又“沾便宜”：先让你“湿手沾面粉”，倘若你下海赌一把，一不小心赢了呢，那就是“面粉堆里滚一滚”，实践了赌场广告许诺：“小赌怡情，大赢发家。”

十赌九输，大赌发家，那是“痴汉望天坍，瘪三盼造反”，纯属“拉讲”。我从不下场赌，既“拓便宜”，又“沾便宜”，保持双赢，只赢不输，潮州人生意。

“拉讲”

过去山东人叫拉呱，现在上海人叫拉讲，拉讲好比拉面，要扯得远，越远越“有劲”。

北方人是高手，奥拓的后窗贴着豪言壮语：“别看我的个子小，我的大哥叫奥迪。”奥拓与奥迪，天之涯、海之角，远开八只脚，浑身不搭界。其间距离，大于“王七的弟弟——王八”，兄弟俩。

上海退休阿姨兜马路，恰遇老同事，千言万语涌上心头，忽然飘下毛毛雨，甲拉着乙：“走，到车上去讲。”因为上海70岁以上的老人坐公交车，免费。

啥叫“拉讲”？拉着就讲!

拉讲有点像评弹里的“外插花”，偏离主题，及时应景。这几天雾霾很重，早晨赶路，高架封路，到处堵车，待在车里手机聊天。北京传过话：“哥，我在天安门广场看不到毛爷爷。”上海回话：“兄弟拿出百元人民币，看不到毛爷爷啦。”北京人关心政治，上海人关心经济，凑成双城剧的标题：政治经济学。

拉讲的特征：夸张荒诞；结果：引爆笑声。朋友孩子的百日宴，推杯换盏，渐入高潮，朋友忽然站起来，举杯感言：“一秒前，爸爸的儿子；一秒后，儿子的爸爸。”

我也开连锁茶馆，本钱源自我开的李大伟家教，家教的祖师爷是孔子，他之所以傲王侯、能自立，因为有学费收益，雅称“束脩”（腊肉：实物货币，免得周游列国不断换外币而跌价），他传授的课程多达六门，礼、乐、书、射、御、数，前三门是学术传承，后三门是高职技能，故称“六艺”。我的茶馆取名六艺茶馆，也算饮水思源，同时点明传承有序，扯虎皮、作大旗。茶馆是微社会，三教九流熙熙攘攘，社会闲杂人员是常客。一次搓麻将的三缺一，约在茶馆大堂等，闲极无聊，开涮美女经理：“阿拉嘛，既是人精，也是人渣，五毒俱全：吃喝赌嫖偷，捺老板居然叫六艺，册那，手艺比阿拉还多一门，捺老板流氓做得比阿拉大！”当然寻开心，这就叫拉讲。

上海话里，瞎、喝同音，读he，两个“独龙眼”喝酒，甲劝酒：侬先喝

（瞎）；乙推开：侬先喝。甲说：格么侬喝（瞎）一半；乙说：要么侬也喝一半。甲急了："格么讲，侬我全喝（瞎）啦。"双独龙！拉讲又叫瞎讲。

一次在潮州酒家请朋友一家喝早茶，既当早餐，也当午餐，总价很低，腔调很好。朋友的孩子未满周岁，自然不能沾咸味，于是要求来一碗粥，服务小姐说：一锅起算。我说：行！报价：150元一锅。早茶精致，一锅不过一汤碗，居然150 元？小姐解释："水不同。""什么水"？"依云矿泉水"，法国的。我说：照此逻辑拉讲，应该一万五一锅，理由：法国快递，即时送达。

时下请侬吃饭，等于请侬吃药。首先，菜，不仅是农业产品，而且是农药产品；其次，油，未必头潽，往往几潽之余，甚至地沟油，不知第几潽。好比二婚、三婚之后的万人骑。从某种意义上讲，赴宴，就是敷衍。所以我吃请，不在乎吃，而在乎听，在座的要会拉讲。有次去会馆吃请，标准：两千元一位。我因惊诧而失口："两千元，怎么吃？"言外之意：怎么消费得了？对面的大块头开始拉讲：一对一，喂着吃！

先上几道冷幽默，相当于冷盆："你知道熊瞎子的娘是咋死的？崩（笨）死的！你知道猪八戒的二姨咋死的？愁（丑）死的！"一问一答，自问自答。渐渐地，喝高了，拉讲变成瞎讲，牛皮越吹越大，买卖也越吹越大："给地球贴瓷砖，给飞机挂倒挡，给蚊子戴避孕套……"没有做不到，只有想不到。888包间，海鲜席变牛蛙宴了——牛皮哄哄集中营。

拉讲的最佳空间：包房里、餐桌上。宴席的最高境界：不求好吃，但要好听。我的赴宴必备：可以不带嘴巴，不能不带耳朵。宴席最忌大堂里，再精彩的拉讲，也散架了，好比一桶啤酒倒在一缸水里。尤其婚礼，都是婚庆主持程式化的胡说八道，听不清朋友间的拉讲。参加婚礼，最佳姿势：装聋作哑；最佳方式：迟到早退。

拉讲，与段子似是而非，与"三句半"则异曲同工："充军到边防，见舅如见娘，两人同落泪——三行"，应该四行泪，其中一位独眼龙。换一种说法："四官端正"，比五官缺一官，这就叫"拉讲"。

请客

请客很讲究形式。

“我请侬去永和豆浆店”，就有点不识相了；改口“去黄河路”（上海美食街），吃的还是豆浆小笼包，听者的感觉就舒服多了。如果请他上波特曼（上海南京路上最著名的五星级宾馆）吃油条，听者可能心花怒放，飘飘然羽化而升仙，一时错觉真的以为自己是沙漠石油国的王储，连说者都会豪迈得像巨人挥手：“上!”于是“赳赳武夫”们，“猎猎旌旗”地奔赴“鸿门宴”，吃油条可以那么轰轰烈烈。形式往往影响内容。

请客与吃饭是交叉概念，绝非同义词。吃饭讲究实惠，填饱肚子，去永和豆浆店吃油条，那是专业对口，但是太实际，远没有去波特曼吃油条那么英雄气概，那么牛皮哄哄，那么泡沫经济，一不小心就搞大了。我的一位朋友一生好大言，喜欢充胖子掼浪头，口气比力气大，头颈比腰粗，人送绰号“老蛋黄”（沪语：老牛皮）：“我只去上海商城（南京路最高档的商务城而不敢简称楼，那是蔑视那是不恭）听室内交响乐。”我反唇相讥：“我只去上海大剧院看猴子顶碗，去美国百老汇看上海滑稽戏。”他知道我在骂他。请客，应该形式大于内容，上海闲话：“要有腔调”。

我请山东朋友吃饭，总选在和平饭店，或徐家汇的天平宾馆，水晶灯一枝枝高悬，红地毯从门厅一路铺到墙角，山东汉子一看泄了气，知道这里不能闹酒，更不能喝醉酒，否则让人看笑话了。温文尔雅，慢慢地“咪西咪西”，不能干杯，不能喧哗，出了门松松领结，嚷嚷憋死人。我因此省去应酬的海量。倘若去小饭馆，那里可以肆无忌惮，非灌得你哭天喊地驴打滚，这才叫朋友。便宜了菜钱，贵了酒钱，不如去宾馆式饭店，环境高雅，唬住了水浒的英雄同乡，菜是贵了，酒却少了，正好平手。形式也能决定内容。

请上海朋友吃饭，最好去杭菜馆。杭菜的特点：时蔬为主，粗料精做。酒店环境，家常菜价，虚荣与实惠相统一。但千万不要点东坡肉、西湖醋鱼之类有点典故有来头的名牌菜。东坡肉，就是红烧肉，当年苏东坡执守杭州修苏堤，用来犒劳民工的。幼时随父亲去“五七干校”过暑假，“三抢”请农民插秧，午饭就是八仙桌上油津津亮晶晶的红烧肉，尖尖的顶鼻子一碗。但是改成东坡肉，名人效应，身价十倍，吃得侬滑肠打嗝都来不及。西湖醋鱼更是笔记渲染，名声大噪，现在的师傅连当年的烧制程序都不知，凭想象，西湖鱼汆沸水淋糖醋而已，如今西湖池浅泥多，西湖鱼一腔土腥气，很难根断，所以用糖醋浓味来盖异味，但卖出海鲜价钿。

说得好听点，这叫美食文化，说穿了，白相人（沪语：玩弄人）！炒出一盘文化概念股。我算想通了，有点像皇帝的新衣。比如旧时妓女，仗着琴棋书画的娴熟，成了金陵四绝，李香君之类，以致一百年前，上海的妓院称书寓，K姐称先生，很雅。妓女做坏事前先唱歌，很有文化，于是洋鬼子发明英语新单词：sing-song-girl，特指上海妓女。如果死译成歌手，那就玷污了文艺界，洋盘了（沪语：傻冒）。到杭菜馆，就点些俗气得有些亲切的菜，如杭三鲜、肉骨头汤，一有文化开销就搞大了，用上海话讲：“放血”。就像WC里蹲坑哼小调哼出K房价钿。

在家“看菜吃饭”，请客应该“看人定菜”，这需要技巧。

老上海的糯米性格

白酒太冲，酒后大话，言过其实，军阀出身的山东省主席韩复榘，有句口头禅："酒桌上的话 —— 不算！"这个酒当然指白酒。有道是：老板 —— 喝洋酒、泡洋妞；经理 —— 喝红酒、拿红包；白领 —— 喝白酒、打白条。白酒席上往往白讲。啤酒呢，气多泡沫多，话多小便多，人多牛皮多。黄酒恰到好处：比啤酒醇，比白酒淡，微醺之余，清醒地享受酒之味、酣之趣、醉之乐。

上海人的脾气像黄酒，陶陶然不说大话，不走极端。

"北京男人会侃，上海女人会穿"。上海女人的美学趣味：时髦不前卫，艳而不妖。偏爱淡妆，妙在"若有若无"之间，浴后逊色不大，妆后增色不小。至于猪油白、屁股白，那种粉脸白，艺妓所为，上海女人不屑。至于大红大绿，上海人"一言以讥之"："红的、绿的"，就是对极端的斜睨一瞥：翻白眼。

上海人喜欢讨价还价，视作做减肥操，但侃价不砍价。砍是往死里砍，是"大刀向鬼子头上砍去"。侃是你一句、我一句，我进一步，你退半步，去掉一个最高分，拉掉一个最低分，不断靠近中线，而不是底线，因为上海人的价值观："钞票大家赚"！妥协是表象，互利是本质。侃价就是探底的商量。会有"高一句、低一句"的吵，"锱铢必较"的争，"斤斤计较"的算，都属于人民内部矛盾。在上海看来，"人民内部矛盾用人民币解决"，同事之间、亲友之间，哪怕敌人、对手。

上海是个商业城市，是个陌生人城市，所以人人好争，但争而不吵。看着两人你一句、我一句，冷一句、热一句，兵来将挡、水来土掩，好像对台词。可以指手画脚，但不能动手动脚，这就是上海人的修养兼修炼。围观者原想"不出钞票看白戏"，结果呢？只听锣鼓声，不见人开打。气煞山东人、急煞东北人。

和气"讲"道理，火气"争"道理。挂在上海人嘴边的劝解语："有啥闲话都好讲。有啥事体都好谈。"上海人吃得起馒头，看不起拳头，尤其看不起打老婆的，所以上海女人顶天立地，"一口酥"是老公，不是老婆，因为老公不敢动手，否则不仅路人，而且仇人，也会站出来"帮腔"："打老婆算啥本事"，这是上海人的价值观。

打架的“打”字，到了上海人的嘴里软化成“撩”。听说朋友与人争执，手机里第一句问候语：“撩了哦”？相比“打”，撩，属于按摩，充其量肢体冲突。

哪怕仇家，到了谈判席上，“不摇晃梯子，不掀翻桌子”，这是底线。哪怕强盗，也留些打的回家的钱，凡事给对方一条路走走。哪怕敌人，一旦有事，还是有热心人出场，做双方“中人”，俗称“老娘舅”。哪怕离婚，也是协议离婚多，吵闹离婚少，“悄悄地，开枪的不要”！

家族之间有矛盾，兄弟不会抱团一边倒，这样才留有“活口”，以便适当时候，还有人出来“有资格”劝和。小夫妻吵架，丈母娘总是责怪女儿：“总归侬不对！”小夫妻吵架，娘家绝不给女儿留夜，这样，女儿不会怨母亲，女婿不会恨丈母，小夫妻间一旦有大事，丈母娘可以出来做“中人”、摆闲话，再怎么着，女婿也会碍于面子，化险为夷，这就是“老上海”的聪明、精明、高明。

最傻的，就是母女抱团，站在同一条贼船的同一侧，结果船翻了，帮忙帮反了，主妇变怨妇，老上海的评价：不会做人！

老上海的做法，小骂大帮忙，被骂的一方，往往是最亲的一方；受表扬的一方，往往是吃亏的一方，弱势群体。上海人的说法：揉揉伊（读撸撸伊）。

夫妻劝架的口头禅：侬还是男人啊！说这句话的，往往是邻居阿娘，肯定不是丈母娘！否则就走偏了，做中人的资格就没有了！

黄酒之妙：酣而不醉、摇而不倒。上海人喜欢喝黄酒，在于黄酒的适可而止的醇度：陶陶然适可而止，就像一句上海闲话：做人要有分寸！

上海第一戆

北京四大傻："抽烟抽中华，吃饭点龙虾，购物到燕莎，小姐带回家。"前三样都是铺垫，属于陪绑，绝对无辜！

上海人讲究实惠，欣赏简单，追求"一刮两响"，喜欢"一鸡三吃"，段子也是以一当十，比如"上海第一戆"，有上联，无下联，号称"独联体"，这是我最近有感而发的感慨。

"上海第一戆"，指"开车去闹市"，纯粹"轧闹猛"。

东北铁路线路最密集，上海地铁线路最密集，上海人的唇边语：上海地下是空的！都是地铁线路，呈蜘蛛网状。在上海做人，最大的痛苦：花甲之年看地铁示意图，一团绒线，散成一地绒线，摊于一地、乱于一地、眩于一地，足以让你头旋心痒眼皮跳、手足痉挛掐掌心。

在上海，下只角属于"欠发达地区"。我的"旧居、非故居"的大杨浦就是下只角，现在有4号线、8号线、10号线、12号线。上海一大特色："地上内环线，地下4号线"，4号线是上海的地下内环线，也是箍桶的圈，将上海老城区绕一圈，箍成一个圈，4号线可以换乘任何地铁线，我为此写过《4号线是百搭线》，可以直达任何区域。我的公司分支机构，均在地铁旁；我给儿子买的按揭房，在地铁旁；我设宴请客，唯一选择：地铁旁；朋友请我，唯一要求：地铁旁。最大好处：准点准时。最大优点：风雨无阻。最大实惠：便宜快捷，短距离比飞机快，长距离比汽车快。

地铁里最宜看书，尤其背外语单词，不仅灯火通明，而且无熟人、无访客、无琐事、无座机，没有突如其来、心惊肉跳的打扰。忽开忽停，嘈杂变幻着节奏，不断刺激你中枢神经，始终保持兴奋。倘若独居书房，静谧足以致人于死地：昏昏欲睡。

坐地铁的最佳时刻：上班后的九点半后，下班前的四点半前。上车有座，可以肆无忌惮：歪头抱胸伸脚；可以发酒疯，不妨羊癫疯：打一路醉拳，跳一曲街舞。

坐地铁的最大益处，司机变老爷，赴宴能喝酒了！哪怕醉醺醺的。醉酒坐车与醉酒驾车：前者遭白眼，后者吃官司。

地铁出行，成本最低，风险最低，尤其赴宴，总在最堵的黄昏时刻，倘若驱车前往，开开停停，左让右避，你不碰别人，别人要碰你，为此，你必须瞪圆眼睛，始终像个哨兵，不敢稍息，永远立正，不能下岗。前方常出交通事故，此时进不得、退不得，你不幸有些前列腺，有幸有些文化，文化就是知耻，那么文化逼得你不敢下车撒野，尿感憋得你脸红心跳、手心出汗。总算虎口脱险，到了饭店，“跷脚到了，会议散了”。一桌客人站起来了，杯底压着一则极富上海风味的三句半：“刘翔的速度，姚明的高度，侬迭只戆大 —— 认得侬算我路道粗。”

我喜欢坐地铁出行，以“地下工作者”自诩。打的到地铁口，租车费不会超过市中心的停车费。喝完酒坐地铁回家，出了地铁口，安步当车，正好消食。皓月当空，碎影满地，清风徐徐，“浴乎沂，风乎舞雩，咏而归”，岂不快哉！倘若开车来回，尤其餐后，等于端了一碗油水，四平八稳，不晃不漏，淤积于腹，培育“牛腩”。

从投资回报率来看，地铁便民但不赚钱，只有国家投资，我们属于“搭便车”。市内快件借地铁“快递”，一个人进站不出站，将快件从甲送到乙，护栏外接，护栏外送，从早到晚，往返无数次，完成无数次，运输费：3元！快递公司就是物流公司，最大的费用就是工资与油费，但市内快递的运输成本几乎是免费，号称“捡皮夹子”的。最大的优点，不仅便宜，而且快捷：地下超风速，地上超赛车。

享受快递服务、看不起快递员工的小资们，家住地铁旁的，偏偏还要买车开车，等于太监花钱娶老婆，只有欣赏价值，没有使用价值！豁胖之余，有些练戆。症结在于：文凭高于水平、知识大于常识。

农村中产标志：楼上楼下；城市中产标志：电视电话；欧美中产标志：有房有车。到了上海，有些水土不服，车，是个累赘，好比一妻一妾，属于“要事体”，有些“二”，二，是北京话，相当于上海的“戆”。

戆与笨是堂兄弟，笨有救，因为谦虚，通过反复训练可以“脱敏”；戆则无药解，源于它的四大病理特征：“笨么来得呃笨，梗么来得呃梗，问么不肯问，讲讲侬还要恨。”

就是“死不领盆”！

上海格言有点儿“黑”

“一句闲话”！全国人民都知道，这是上海人的口头禅。

在上海，受人之托，若有五分把握，面有难色：“蛮难格。”七分把握：“试试看。”哪怕九分把握，也是预防针打在前面：“万一不行，侬不要骂我哦。”上海人的行事准则：满口饭好吃，满口话勿好讲。哪怕无悬念，也要预告风险。上海濒海，深知“不测风云”，风险防范第一，丑话说在前面。凡托上海人办事，受托者冷静倾听，附上一句话：“不一定好办。”北方人不解：“没有办怎么知道不太好办呢？”一点儿不热心！只有十分把握，上海人才会拍胸脯：“一句闲话。”这就是上海人的为人处世。

旧上海行业同仁，一周一次聚会，地点一般在市中心的茶楼里，喝茶叙旧的同时，交流行情谈生意，只需“一句闲话”，没有合同。茶楼同行聚会，就是行业圈子，倘若失信，在圈子里传开，你就别混了。讲闲话不算数？坍台！什么台？——平台！就像日本相扑，推下台去；斗蟋蟀，撬出盆外。生意是产业链，也是信用链，环环相扣，一环脱落，全盘皆输。所以生意人最讲究信用，它构成了人品基本面，言而无信，“不知其可也”，害人害己。

“一句闲话”，在上海妇孺皆知它的出处：十六铺削莱阳梨的杜月笙。

还有一句名言，上了岁数的上海人民都知道：“人生下好三碗面——手面、情面、场面。”手面就是手掌摊得开，摊开就是撒钱。攥着不放，勒煞吊死，属于“钞票捻不开”朋友，“钞票陪伊睏棺材”，坊间形容：一分钱看得比圆台面还要大。还有一句更促狭：“一分钱夹在屁眼里，踹三脚哈不来。”哈，上海的苏北话：坠落。急人所难，这叫情面。舍财助人，自然朋友多，路路通，兜得转，一呼百应，这就叫场面。能够下好这三碗面的人，人人敬仰，社区级称“码子”，社会级叫“大亨”，朋友间就是大哥了。三碗面也源自杜月笙。

上海人的处世格言，多出自底层“杜月笙们”，游笔至此，忽然想起上海史，屏不牢要“拉讲”。上世纪30年代，上海的进口贸易占全国的80%以上，出口货物占一半以上，上海是外贸中心。因为贸易，需要银行结算，外国驻华银行80%在上海，总部几乎都在上海，上海又是金融中心。1933年，上海的民族工业资本占全国的40%，上海还是工业中心。北京出学问，上海出作家，比如鲁迅、巴金、茅盾。出版界的对峙双峰：商务印书馆、中华书局，诞生于上海。电影大多数出品于上海，国内三大报纸：《申报》、《新闻报》与《大公报》，发行量最大的前二位均在上海，上海也是全国三大高校密集区之一，上海还是文化中心，权重高于北京。也就是说，中国最有钞票、最有知识的牛人们多荟萃上海。但在市井生活中，无人引用他们的一字半句。一个上海人若要在灶披间，一边烧菜一边引用名人名言，旁人就知道他要说大话、说假话了，孔乙己要拗造型了，显摆茴字的六种写法了。因为名流与百姓分属两个阶层，他们的警句，对底层社会没有指导意义。上海人的格言世故而实用，往往源自底层社会“杜月笙们”的口头禅。“收人钱财，替人消灾”是上海人的“信托”格言，仔细想想，像不像收保护费的黑话？“好汉不挡财路”，好汉就是道上朋友。“见者有份”，还原它的滋生场景：路有拾遗，被人瞥见，只能“见者有份”，否则就有“放喇叭”“爆忒侬”的风险，这里的分享，出于无奈，近似分赃。生意人间的术语：“搂笆”，就是先合作后分享，“搂笆”就是切口，切口就是黑话。所以，新近上海人的“锉人”段子，字词近俚而不雅驯：“远看是丽娜，近看是阿奶，原来是册那”，一不小心，册那就出来了。

对于知识，上海人的态度：“不识字不要紧，不识人头要吃苦头。”对待读书人，有些不屑：“噢，嘎梁（沪语：横梁，暗喻眼镜）！”上海段子里最近出现最讨厌的“三种人”：黑狗白狼眼镜蛇，后两者都是读书人。读头（独头独脑，只认死理、不通人情世故的“一根筋”），他只认逻辑，“李大伟走在黑板上”，逻辑是通的，但行不通，书独头会运用逻辑跟你争得面红耳赤，缠不清、累死你，牛肉拉面变“牛拉面”。所以独头又叫堵头，讲不通。所以上海人敬称不通文墨的杜月笙曰：“先生”。

读书人嘛，讲究“不鸣则已，一鸣惊人”，追求“语不惊人死不休”，这种情绪下酝酿出来的名人名言，高于生活，脱离生活，能指导生活吗？老子所谓的“美言不信”。

底层社会的格言，都是皮肉熬出来的经验之谈，源于生活，高于生活，虽不是理论，却指导实践，上海人不仅引用，而且应用，不仅高频率，而且全覆盖。

陈云是上海青浦人，青年时代就职于上海的商务印书馆，他的名言“不唯书，不唯上”，渗透出上海人的智慧：崇尚实际。上海不出王明式的教条主义，高校除外，高校是上海的飞地，高校不说上海话。

上海话的过敏源

上海简称沪，沪剧说沪语，但沪语不是上海话，是本地话，散居在周边郊区的原住民，自称本地人，一口本地话，就是"轰杜莱斜啦"（"风很大"）的乡下话，上海人是听不懂的。上海人指的是城里人，说的是上海话，听不懂本地话，好比美国人说英国话，听不懂本地话——原住民印第安人语。

"这里""那里"，城里人发音"格里""依里"，本地人发音"格朗、依朗"。棉花，城里人发音"棉户"，本地人发音"棉扶"。教我驾驶的教练就是本地人，坐在我旁边，吼道："轰、轰！"我不知所云，他火了，嚷道："依轰油门嘎"！连成了句，我才恍然大悟，噢，轰油门就是踩油门，轰就是踩！"嘎"呢，也是本地话，我早就懂了，大学里有位同学，来自郊县，大学读了四年，普通话里依旧夹杂本地话，无法脱敏。一次兴之所至，在寝室里深情朗读《前出师表》："强弩之末，虽鲁缟不能穿也。"其中"强弩之末"尾缀"嘎"，下铺认真且天真，忍不住撩开蚊帐帘，仰头问上铺："嘎是啥意思？"上铺答："语末助词嘎。"从此全班同学都知道"嘎"的语法作用，他的绰号"嘎"应运而生，后来凡有同学结婚，同学一桌，碰杯一二三，齐声高呼："嘎！"成了我们四班的暗号，仿佛砸场子！

一百年前，上海城比现在内环还小，被英法租界占据，混合了外地人、外国人，日常交流，各个方言不得不"去棱、磨角"，渐渐形成了上海话，既像苏州话，又像宁波话，成为上海城里各色人等之间的"普通话"，上海话就是杂种，是"苏州好婆、宁波姆妈"的杂交水稻。同样称父亲，有的称"大大"，那是苏北裔的口音；有的喊"爹爹"，那是无锡裔的口音；老爹才是本地人的称呼。同样称奶奶，称"阿娘"的，宁波裔；称"好婆"的，苏州裔；"阿娜"是本地人，时下上海人搓妖艳女："远看像丽娜，近看是阿娜，原来是册那"，阿娜的娜，即阿奶的奶。

小时候弄堂里躲猫猫，口头禅："阿三，老鹰来了。"过去总以为老鹰来了，小鬼（读巨）头才一哄而散，其实是老英，英租界雇佣印度巡捕，缠着红头巾，人称“红头阿三”。巡捕的职责，相当于协警加城管，他们常常利用手中权力，勒索路边小市民，英国主子见了会喝声训斥，所以，远远见了老英走过来，红头阿三立刻收敛。市民们利用他们的畏惧心理，躲在墙角高喝：“阿三，老英来了！”为同胞解困。至于印度巡捕为何叫“阿三”？前不久以炒外币闻名的金咸枢先生（《莎士比亚长诗》第一个有韵脚的翻译者）告诉我：早先英国人常常在路旁训斥印度巡捕，开头第一句：“I said you must do.”小市民不懂英语，每次总听到英国人开口“I said”，谐音“阿三”，以为“阿三”是印度人的统称小名。印度巡捕永远头缠着头巾，所以全称“红头阿三”。

旧时电话是拨号盘，正确用语：拨电话，英语“拨”为“dial”，上海人直接移植谐音：“打电话”，好比“肮三货”就是“on sale”（贱卖）的谐音，贱货之谓也。“拉斯嘎”，“last”的谐音，拖在最后那位。上海语系是过敏性体质，极易感染各地方言、外国单词的谐音。

许多上海话源于谐音，结果以讹传讹。上海顺口溜：“山东人，白相自己人。”山东人以义气闻名，可以为朋友两肋插刀，怎么会“白相自己人”呢？原来解放前上海有句顺口溜：“三等白相人，白相自己人”，简化为“三等人，白相自己人”，上海话里，“三等人”与“山东人”谐音，“三等人”讹传为“山东人”。因为谐音，所以不精确，就像《虎口脱险》里的斗鸡眼打飞机，结果击中了自己的飞机。

小的时候，上海人不敢说家乡话，怕被视为乡下人，唯有苏北人魄力大，剃头店里、汏浴间里，说的都是苏北话，很自信，“拉个怕拉个”？现在的本地人，有些胆怯，在家说本地话，进城说普通话，不免露出一截尾巴：“嘎”，比如我同学，“迭只狼鬼材”！至于我的儿子，说得一口“徽派”普通话，因为阿姨是安徽人。我老婆急煞：“别人还以为我是外来妹。”

“阿娘，喔岗把（我讲给）侬听，你侬晓得嘛？”你是北方语系，侬是江南语系，这是上海老山东的鲁味上海话，上海话不断在变异！说得好听些：与时俱进。纯正上海话要到香港去听，至今80岁以上的老上海，听起来总有些评弹腔！

上海的人情味

好比大熊猫是中国的符号，“门槛精”是上海的标志。落生上海，“门槛经”是必修课，不是选修课，因为无文凭，所以无止境。现在大学，没有博士衔不能谋教职；上海呢，不修“门槛经”不能谋生。大学里坐办公室的勤杂人员，都有高学历，如同上海“引车卖浆者流”都必须运用“门槛经”。奥数奖状、博士文凭之类，是敲门砖，可以束之高阁，上海的“门槛经”是生活奥数，随时随地用得着的学问。

“门槛经”是哲学，“门槛精”是数学，“门槛精”照上海话诠释：会算，哪怕上海戆大也“门槛贼精”，最大特色：“戆进不戆出”。上海是个移民城市，是个陌生人社会，“人一走，茶就凉”，彼此之间当然要当面“算”清楚，上海人的处世哲学：“千做万做，蚀本生意不做”，蚀本了，回家怎么买米买菜买油？怎么缴水费电费煤气费？怎么供孩子上学？怎么供孩子家教？不缴租赁费，就缴按揭费，还有物业费。

上海人睁眼就是债，现在的信箱，没有信件，只有邮件，不是水电煤账单，就是手机、电话账单；不是催缴单，就是广告单。上海是个服务型城市，但服务需要钱买，离开服务就无法生存，离开钱就买不到服务，买不到爱情，甚至亲情、人情。在上海，生活就是生意，生意就是交易，交易必须“会算”。

买便宜菜等落市，买便宜货等落令，买便宜名牌等换季，买便宜书最好到文庙，买便宜鞋最好拣断码，买布必须会套裁，一鸡还要三吃。鉴于上海人的门槛，过去的促销策略：“足尺加三”“买一尺放一尺”。今天则变本加厉：不是“清仓打折”，就是“年末打折”，这是贱卖的理由！不是贱卖，就是甩卖，这是贱卖的方式。放血价、出血价、喷血价；地板价、跳楼价、杀头价，这是贱卖的等级。最狠的一招：一折起卖，那多半是福建人在福建路卖石雕工艺品。上海滩：打折是正常的，不打折是不正常的；上海人：“眼镜打八折”是正常的，“眼睛打八折”是不正常了。

北方的人情，到了上海变成债，红白事是逃不掉的债。尤其婚礼，人可以不到，钱不能不到。婚礼与受贿相反，贪官受贿，谁送不记得，谁不送都记着。举办婚礼，谁不送不记得，谁送必须记着，有小本本记着：张王李、年月日、百千万。十年后，别人请，届时还，但不能人送一百，我还一百，那是装戆！必须算上十年间的通货膨胀系数，婚礼是一次融资手段，过去靠它买家具，现在靠它付首付。政府（中央）有地方债，做人（上海）有人情债，其利息远远高于企业债券，更高于银行利息，而且不收所得税、物业税，比黄金抗跌。十年后，倘若还礼的朋友“大”出来了，当年睡地板，今天当老板了，垃圾股变优质股，小则包车子，大则包台子，出手之大，大于毒品暴利。所以，送礼与人，返利与己，厚礼即厚利焉，送婚礼就是藏利于未来，是桩好买卖。当然也有坏账率，比如孩子是“剩男剩女”，那么这份连本带利的贷款就收不回来了。倘若同辈朋友病故，他的子女不存在还礼义务，婚礼都是上辈给下辈的“孝”子储蓄，否则，银行也就不会放弃这档子“人情债券”这档子好买卖了。

在利益面前，上海人有句口头禅：“朋友归朋友，生意归生意”，是“路归路、桥归桥”在人情世故上的活学活用，相当于西谚：“上帝的事归上帝，凯撒的事归凯撒。”

但老朋友则例外。

为了朋友，北方人两肋插刀，上海人割肉放血。黑社会：“可以一起做坏事的才叫好朋友。”上海人：“可以无抵押借钱的才是好朋友。”处世为人，读书人有三不借：老婆不借、牙刷不借，书亦不借。上海人的三不借：老婆不借、身份证不借、钞票不借。可以借钞票，而且无抵押，相当于赌场押宝，很可能肉包子打狗，这种朋友叫模子，模子就是楷模，所以上世纪80年代的上海开始流行这么一句话：“做模子是痛苦的！”因为割肉放血，又叫“吃痛”！

“钞票？谈啥，只要开心！”这就是上海人的人情温度。

上海门槛经

山东人的蒜，上海人的算，全国人民家喻户晓。

在上海生活，必须会算，俗称“门槛经”，也是处世第一功。

精与经，同音不同义。门槛精是刮皮鬼，损人利己，得寸进尺，白得了粽子还要蘸糖吃。门槛经则是利己而不损人。上海方言中，缀以“精”的，都是贬义的，人精、屁精、狐狸精。汉语中，凡缀以“经”的，就是高深莫测的学问。大而言之：《诗经》、《十三经》、天经地义；小而言之：《茶经》《三字经》，还有上海人的门槛经。

在上海活得潇洒，不在于收入高，而在于门槛经。天天叫外卖，不如雇个“马大嫂”（谐音：买汏烧），热菜热汤，比外卖好吃，比外面便宜。上海的停车费越来越贵，不如请个专职司机，最好住在附近。司机好比送快递的，把你送东送西，你去楼上办事，他在楼下看车，哪怕风雨天，也是随叫随到，既提高了办事效率，又省下了市中心的停车费，晚上小车让驾驶员开回家，停在他住的工人新村里，一晚5元，比停在自己的高档小区便宜数倍，还省下司机来回的交通费，还省下洗车费。七七八八节省下的费用，远远高于司机的薪水，而效率远远高于自驾，还提高了就业率，利人利己，侬好、吾好、大家好！

上海人讲究“一鸡三吃”，洗脸水冲小便，洗菜水冲大便，淘米水则洗碗，去污能力特别强，比洗洁精去污快、过滤时间短，既节水又环保还便宜，不伤皮肤，兼具养人。西裤改西短，不惜高位截肢；长袖改短袖、短袖变背心：如花匠修枝，不断截肢，冬衣夏穿，外衣内穿，物尽其用。上海人喜欢捡便宜！蔑视“赚便宜”，即乘人不备捞一票，比强盗文明，比君子无赖。捡便宜就是发现价格低洼。中午到大学食堂里蹭饭，省钱、省时。晚上去新开张的酒店尝鲜，为了招揽客户，减价促销，味道可能比老店还要好，因为“新开茅坑三天香”。

看大片的新片，夜场金龟价，上午场乌龟价，不仅钱少，而且人少，偶尔孤家寡人，独享“大包房”。

在上海，不仅有法式大餐，还有“免费大餐”，不但“不吃白不吃”，而且

"吃了也白吃"。比如名家画册，书店里的太贵，拍卖行里的免费图录，比书店里的精美，因为书店里的画册，卖给大众读者，首先考虑成本，其次才是精致。拍卖会要引诱高端客户，不得不精雕细琢，就像钓金龟的美女蛇，化妆不惜工本。

想喝新茶，清明过后，不妨到天山茶城，商家捧出来供你免费品尝的绝对新茶，但卖给你的未必纯粹，有"老女人拉皮、旧轮胎翻新"之虞。

想学书画，到老年大学，不仅免单，而且认真，最好是上海师范大学，下属的美术学院教授，友情出演。

出门逛街，坐大卖场的巡回车，不仅免费，而且直奔主题，这叫"搭便车"，又叫顺风车，上海话："顺带便"。到了歪嘴朋友的嘴里，一本正经被读斜脱了："顺大便"！还对着手机大呼小叫："大便的大，小便的便。"最极端的，公交车早上九点后，老人免费，老同事不期而遇，有说不完的话，说着说着，起风了、下雨了，第一反应："到车上谈。"

上海遍地是黄金，关键在于你能否看见。罗丹说过：生活不缺乏美，缺的是发现的眼睛。免费与付费，一进一出，利润大于水变油！富人的钱，是赚来的，不是省下的。老百姓的钱，不仅是赚来的，而且是省下来的。省下的就是纯利，含金量最高，不必交所得税。收获的利益——100%，一毛不拔。

在上海，你可以没有本事，但不能没有门槛。可以不懂生意经，但不能不懂门槛经。时髦的说法："理财"。有道是：你不理财，财不理你。这不是我说的，是上海的《理财》周刊的广告语。

上海人的利益观

上海人是亭子间的产物，亭子间是二房东切割技艺的杰作：客堂变厢房，厢房变阁楼，阁楼变鸽笼，最后变“八八六十四块豆腐”。一栋石库门，居然有《七十二家房客》，房顶低矮的，楼梯狭隘的，厨房公用的，厕所大家的。人与人，不是背对背，就是肩并肩，一不小心，触电性骚扰。所以锱铢必较，自然斤斤计较，久而久之，心中自有界限，互相遵守，形成了上海人的处世观：“拎得清”。这样的空间，凡事不得不为别人考虑，形成了上海人的利害观：“上半夜替自家想想，后半夜替人家想想”，所以上海人的为人哲学：自利不损人！逐利的前提：上策兼顾他人，底线不损害他人。

上海老人，拿着老年卡，九点以后才出门，免费坐地铁、坐公交、看风景、看朋友。倘若上午九点以前、下午四点以后的高峰时段“轧闹猛”，害人害己！正宗“拎不清”，人称“老浜瓜”，不是寿星，而是“寿头”。老阿姨不期而遇小姐妹，谈兴正浓，忽然起风，扯着对方：“车上谈”！此时公交车，不仅是空车，而且是房车。

退休了，不到70岁，没有老年卡，那么坐大卖场的招揽车，有时顺便买些东西，多半搭个顺风车，对商家而言：“有钱的帮个钱场，没钱的帮个人场。”搭顺风车就是捧人情场，好比电视节目里坐观众席的，是“侬好、我好、大家好”的“三得利”，但不是啤酒哦。

手机呼叫座机，接通了，座机一方就会情不自禁地说：“侬关掉，我打过来。”因为座机比手机话费便宜。

广东人会“吃”，山东人会“喝”，北京人会侃，上海人会“算”，上海话里叫“盘”。“盘”可能源自“三星”牌蚊香盘：绕来绕去，以此形容翻来覆去、横算竖算。鸡心领过时了，后背换到前胸，就是流行的高领头。弯肘处破了，剪下当袖套，剩下部分就是短袖衫。淘米水刷碗，去污性强，又是零支出。蓄满一铅桶的洗碗水冲马桶。倘若洗洁精，去完油，还要清水漂、泡。这就是上海人的“盘”，过去叫循环经济，今天叫低碳经济，其实就是老上海人的生活方式。

上海人不爱面食，但面条例外，因为它的小锅浇头另盆装，老男人进了面店，先上盆浇头，然后一壶黄酒，一支香烟，过去有评弹，可以浅斟低吟，现在只剩下墙上电视，有看呒看，伊讲伊的，我喝我的，直到糊里糊涂、摇头晃脑，最后睁开眼向厨房高喝："上面！"一碗清汤面，醒醒"魂灵头"，将剩下的卤汁倒入，惠而不费，典型的"一鸡二吃"。浇头面就是"永和豆浆加个蛋"，这就是上海人：乐胃又实惠。

面汤呢，最好用骨头熬，可能贵一二元，堂倌会弓背赔笑解释："倘若味精吊鲜，喝罢又渴，还要再买瓶饮料"，结果"秃子没有省下剃头钱"，还有碍健康。这种说法，上海人最听得进。贴心的说法："帮侬算账"，银行的说法："代客理财"，这就是上海人的生意经："后半夜替人家想想。"

上海人喜欢沾便宜，但便宜沾在明处。小菜场里，讨价还价是上海老太的"晨练序曲"，是"脑力操"，可防"老年痴呆症"，最后还要"拉掉个零头"，临走还要"搭根葱、搭块姜"，但都在对手可忍受的范围内，前提：你沾便宜，她有赚头。

"搭"，额外奖励，上海人喜欢"搭"，至于"娶个家主婆，搭个丈母娘"，那就"湿手搭面粉"了。上海人"沾"便宜，但不"粘"便宜，更不"占"便宜。

"粘"便宜是面筋粘知了，以廉易贵，损人利己，属于斩葱头。"占"便宜更损：是连根拔，是强盗占地盘、吃独食。

"粘"便宜是芝麻堆里滚一滚，"沾"便宜是面粉堆里滚一滚，前者是刮皮，后者是分润，属于"过手三分肥"，分享"毛毛雨"。

"粘"是"得了粽子，还要蘸糖吃"。"沾"是"侬吃肉头、我沾肉汤"。"沾"的是"与己有利，与人无害"的小便宜。

"利己"是上海人的处世哲学，"不损人"是上海人的做人底线，"损人利己"则等而下之，倘若"损人不利己"，人人皆可戟指而唾："刘翔的高度、姚明的速度，侬迭只戆大（上海话："大"读"度"）。"

做上海人的常识

农业时代，勤奋致富；工业时代，技能致富；金融时代，投资致富。

几乎所有的上海人都明白：温饱靠工资，发财靠投资，横财靠投机。上海卖葱姜的老太，不买彩票，就买股票，或者兼而有之。上海中年人最大的财富，不是工资的积累——储蓄，而是投资的结果——房子。上海青年人，不是房奴，就是卡奴，不是投资，就是透支。

上海人，最稳的收益是工资，最好的收益是投资，最大的收益是投机。炒房产、炒黄金、炒字画、炒邮票、炒黄花梨、炒紫砂壶，从炒“老红木”，到炒“古红木”。浪头小的：炒股票；浪头大的：炒期货。凡是资源性产品，具有增值预期，都能做炒货，哪怕“傻瓜”瓜子，都有寿头下家，很像一首老上海旧童谣：“炒、炒、炒黄豆，炒好黄豆翻跟斗。”炒卖的价格往往是翻跟斗的！

现在上海的时代烙印很模糊：说它处于工业时代吧，工厂少，公司多；说它处于金融时代吧，绝大多数市民靠工资吃饭。正确的说法，也是糨糊的说法：后工业时代。具体特征：公司里拿工资，股市里做投资。

许多家长过去买房，为了今天卖房：供孩子留学。因为十年前，40万一套公寓房，那时留学英国，一年的费用30万。今天，留学英国还是这个数字，但是房子已经涨到300万以上，届时大换小，多出的钱供孩子留学。

其中的差价奥妙：学费涨，招生就多，价格就会稀释。价格上不去的原因：招生数可以无限制增加。造房子的土地不可能再生，社会上钱多了，房价就上去了。

我们处于金融社会，通货永远微胀。涨价，引诱工厂多生产，作为国家，就业率高了，拿工资消费的多了，缴税的也多了，社会也安定了。倘若按照经济规律，产品过剩引起经济危机，结果普遍跌价，所谓通货通缩，工厂就会停工、裁员，作为国家，失业多了，税收少了，支付失业金增加了，国家的收益“负”增长了，社会不安定了。面对经济危机，作为国家，首选多印钞票，促使物价回升，引诱企业开工多招工人，从而走出通缩的阴影。经济繁荣期，产销两旺，会有大量的贷款出笼，满足生产，贷款就是放水，所以，金融时代，钱会越来越多，作为金融时代的人，必须利用金融。

我与朋友在奉贤承包了五亩地，用人粪种蔬菜、用糠皮喂猪，以免农药化肥的侵蚀，招聘一对有插队经历的上海退休夫妇，我劝他们将上海市区的房子出租，还能获取一笔租金收益，每周返沪探亲，住在我为之预租而打折的经济连锁酒店，你的亲戚在哪里，它的旅馆就在哪里。他们在我这里工作，之所以多一份的收益，就是将资产金融化了。

我有个老同事，市中心有套房子，我称之为“金马桶”，可惜只有一个，永远置业于屁股底下，永远是臭马桶。我劝他居住到昆山等周边市镇，或租或买，返沪探亲访友，住经济酒店，这样就能将市中心的房子出租，体现出金马桶的差价，每年一次出国游费绰绰有余，走不动了，住高档养老院的钱也有了，这就是金融的恩惠。

月有阴晴圆缺，利息有升有降。升息了，社会上的钱少了，跌价开始了，耐心关注拍卖信息，准备收购。降息了，跑出银行的钱就多了，此时，房子比金子值钱，金子比票子值钱。当菜钱也开始涨价的时候，作为国家，升息即将开始，赶紧趁热脱手，俏货卖个俏价，然后等待升息后，逢低吸纳。赚工资钱靠力气，赚投资钱靠时机。

但钱是流动的，何时炒，炒什么，这是行情，作为上海人，朋友要多，行业要杂，聚餐要勤，他们会将自己行业的异动告诉你，这往往是炒家的预兆，从这个意义上来说：“朋友朋友，碰碰就有。”

金融时代，钱不是算出来的，而是盘出来的，盘账的盘。拆东墙、补西墙，结果多出一面墙，这不是赌鬼的理财观，而是金融时代的理财观。

美食

草鸡蛋鉴别法

言谈中，鸡，贬义居多，是聚箭之草垛。吝啬的别号：铁公鸡；好色的雅号：骚公鸡。追女朋友的夸张描述：公鸡侧斜翅膀原地打转。见丑人作怪，起“一身鸡皮疙瘩”。由表及里：鸡肠小肚，更恶毒的：杀鸡取卵，好像妇产科的剖腹产。鸡，仿佛诞生于莆田系医院，通通被拉黑，成了黑孩子，黑的程度呢？“乌贼鱼打喷嚏 —— 墨墨黑”。凡不正宗，推诿于鸡，杂牌大学：野鸡大学；假冒伪劣：野鸡货色；不正经女人，野鸡货。

老子英雄儿好汉，老子混蛋儿操蛋。鸡的后代，也被归入血统论。下的蛋，也被糟践：坏蛋、臭蛋、混蛋、操蛋，直至滚蛋，与蛋有染，都是骂人的，用鲁迅的话定位：脐下三寸。不毛之地：鸟不生蛋的地方。考试不好，叫吃了个鸭蛋。凡是蛋，都是贬义词。凡不冠以定性种类的蛋，都是鸡蛋。

草鸡蛋例外。

物以稀为贵，尤其它的麻麻“三不食”：不食饲料、不食抗生素、不食添加剂。门前院后、山上地里，野外散养，食草、啄虫、吃菜、咯石，我谓之“虫草鸡”。生的蛋，不是王奇（七）哥哥的的 —— 王八蛋。小孩满岁，最佳礼品。抗战时期，如果给日本孩子食品，会被日本兵枪托砸背，哪怕汉奸、翻译官，怕不洁、怕有毒，唯有鸡蛋，照单全收，笑嘻嘻地跷起大拇指：“你地，大大地好。”

现在草鸡蛋成为稀罕物，成为幌子，成为类品牌，好比巴黎女人，高挑、白皙、饱满，这就是类品牌。在公共场合介绍女性，“美女”是性别，“资深美女”是嫌她老了，最佳称谓：“法国女人”，最高级称呼：“巴黎女人”，高挑、白皙、饱满之外，还有附加值：“时髦、性感。”蛋，是贬义的，“操他妈的蛋”是骂人的，草鸡蛋是养人的，是神仙礼品，因为类品牌，于是假冒伪劣蜂拥而至，鉴别就成为可以显摆的知识了。

因为生在草窝里，而不是流水线上笼里，所以蛋壳上沾点儿草星子。因为随地大小便，所以蛋壳上还有些鸡屎粒。但这些都容易仿冒，将洋鸡蛋往草鸡窝里滚一滚，摇身一变，貌似草鸡蛋，披着羊皮的狼。

洋鸡蛋整天窝在鸡棚里，太阳灯冒充太阳，羽毛是雪白的，下的蛋也是惨白的。草鸡则整天暴晒于阳光下，下的蛋，蛋壳色素沉淀，颜色有些深，相当于埃及人种，不是黑人，是有色人种，因为靠近赤道、享受暴晒。颜色也容易仿冒，在饲料中添加些成分，洋鸡蛋就有了草鸡蛋的深色，好比外教机构，招聘新疆人，冒充外国人。招聘俄国人，冒充英国人。

但有几样特征是仿冒不了的。

洋鸡整天趴着，站不起来，所以肛门松弛，下的蛋：大。草鸡在有天敌的野外：上有老鹰盘旋探视，下有黄鼠狼拜年，担惊受怕，如丧家之犬，惶惶不可终日，夹紧尾巴，小心翼翼，一步一回头，漫山遍野，时而受惊高翔，时而贴地奔走，不仅提心吊胆，而且提肛收腹，肛门紧凑，下的蛋只比鸽蛋大些。个儿大的生不下来，必须剖腹产，那就患上了唐氏综合征，是洋鸡蛋的“堂”兄弟。

草鸡在田野坡上，不仅啄虫，而且咯石，以助消化，辅之以整天晒太阳，钙质含量高，蛋壳自然厚。因为厚，所以表面有坑坑洼洼气孔，摸上去有些毛糙。掂在手中，沉甸甸的。洋鸡蛋的壳，薄薄的，像油性秃头，蜡光纸一般无毛囊，光光的，不敢握，更不敢攥，只能捧着，怕碎了。碗沿口敲鸡蛋，声响中也能分辨得出来，洋鸡蛋“卜”，碎了；草鸡蛋“咔”，很沉重、很沉闷，扎实。扬臂高举，蛋清垂涎津液垂悬半空，粘连一串碎壳，用手往下拉都有收缩弹性，掐呢，终于断了，却一分为二，粘连到两个手指上，一垛黄脓鼻涕，黏黏的，扯也扯不开。解决了一个旧问题，牵出两个新问题，手指不得不卡着碗沿口刮净撇清。

最有特点的是蛋黄，刨开滑入碗里，蛋黄鼓鼓的，那是草鸡蛋；抛物面平平的，那是洋鸡蛋。

白瓷碗里蛋黄发红，用手指捏，捏不住，会变形，一扭就溜走了，丸来丸去。手指掐，掐不断，一扭就闪了。捏不碎、掐不断，就是草鸡蛋本色，敲草鸡蛋是个麻烦事儿，也是个技术活儿。

还有一绝，插上几根牙签于蛋黄上，斜了倒下，扶不起的刘阿斗，属于肾虚！那是洋鸡蛋。昂首挺立、岿然不动，一副山东好汉认死理的倔强：“冻死迎风站，饿死不弯腰”，那就是草鸡蛋。

敲开鸡蛋，贴着锅滑入锅心油圈内，一个咸鱼翻身，蛋清乳白、蛋黄蜡黄，撒上一撮韭菜绿，灶前站着，如雄鹰俯瞰：“一点飞鸿影下，青山绿水，白草红叶黄花。”成了小令里的盆景。

这盆菜，水粉画，倘若夏天，搁在院里凉棚下，就着喝冰镇啤酒，一撸嘴，嗨!

以上不是拉讲扯淡，而是经验之谈。三年前，在崇明城桥镇元六村，我与袁姓老友包租了120亩农田，种菜种稻，养鸡养鸭。在我连锁的六艺茶馆里，不仅卖茶，而且卖鸡卖鸭卖蛋，这个蛋，不是混蛋、操蛋，更不是瞎扯蛋，而是草鸡蛋。

夏天大麦茶

六月的茶，有些尴尬。

新茶呢，老了，一泡泛黄，入口的味也弱了薄了，没有新茶凶猛，直直钻入舌底二侧，有点山溪滤石的意思，漂过舌苔。说得恶心点，如入澡堂，不幸而遇擦背的小滑头，抹一遍而不是擦一遍，更不会搓一遍，这叫敷衍。

此时的新茶，还不便宜，就像美人暮色老姑娘，傲然不肯跌身价，卖的是当年印象分。

贪便宜喝大叶茶吧，当年的货还未剪下来。清明雨前茶是手指"的"下来的，"的"是上海闲话，比摘还细巧。隔年陈货呢，太顽固，饮水机的水显得太嫩，有点温情脉脉，非用炭炉大铜吊不可，煮水沸后，来个开水烫死猪，要心狠手辣，才掉得下汤色，像脏衣服挤出的浑水。汁儿太苦，当然啰，比煎药汤淡些。三伏天大灶上，热烘烘地蒸，炒菜胖师傅一抹脖子一甩汗，揣起大茶缸，"咚咚咚"仰面而灌，豪迈牛饮，听听都解渴。若附庸周作人的风雅，"当于瓦屋纸窗下，清泉绿茶，用素雅的陶瓷茶具"，泡大叶茶就有些粗俗，有些作秀，好比粗腰汉跷起兰花指，自比越剧宝玉，真是关公发嗲，急煞伲老百姓。

夏天，瑞金二路上有位"老买办"的后裔，在那里有间书屋式私家茶室，那是十寸墙的新里公寓，钢窗竹帘前，铜钩鸟笼下，楠木小圆桌，乌木腰鼓凳，三二知己，忙里偷闲，白瓷小盅，在这样金贵地段、精致客厅，喝的就是大麦茶，很有些大观园里的稻香村的意思。

大麦茶，有点涩，像位不合时宜的老绅士；汤色也太重，像罗中立笔下捧碗的《父亲》的脸色。还有一缕不绝的焦香，没有香水的媚人，也没有龙井的草薰，很朴实，让人想起乡村、麦芒、草帽，想起浩然笔下的辽阔北方。小时候，每年暑假随父亲去"五七干校"，七月的午后，田野一片知了、蝈蝈的力竭嘶鸣，让人心躁，田头瓜棚里，总有一桶大麦炒熟后熬出的凉茶，因为它的微苦它的微涩，非常的"杀"渴，喝罢一抹嘴，现在想想都止渴。

过去三伏天，在上海人家的客堂间里，八仙桌上总搁着一只高高的白瓷铜环的大壶，上海闲话"'洒'着一壶茶"，就是凉着一壶茶，那茶，就是大麦茶，便宜，解渴，微苦后泛出水味甜。平时壶上往往还盖块白纱布，以防尘灰，其实无补于事，满足视觉效果而已，这就是上海人的卫生观。小学生放学奔回家，搁下书包，第一件事就是爬上桌子跪在凳上，捧起壶对着嘴一口气，"咕咚咕咚"，好一个长鲸汲川，喝罢胸口别别跳。

最近，翻开一本时尚杂志，有一版跨页的蜡黄的居室照，那是中式厅堂，雕花窗、细竹帘、大屏风、厚木案，太师椅上，坐着一对很新鲜的"古人"，女的一身齐肩旗袍，男的趿一双拖鞋，都执一把蒲扇，一副举案齐眉、画眉深浅的宁静。小桌上有一托盘托着一对木碗，汪汪欲溢的汤色就是大麦茶。在这样的氛围里，喝红茶就有些浅薄，有些不地道。

夏天，热咖啡太烫，凉了又少了份浓郁，而且腻口；龙井之类好茶，不热不香，凉了又败了碧绿的汤色。唯有大麦茶，没有炎凉势利，色泽依然故我，凉了更爽口，据说败火除口臭。什么叫生活的智慧？不唯书，不唯上，唯实。但我更偏爱研磨后的袋泡装，不仅方便，而且焦香更加弥漫。

喝酒

山东有句酒话："喝黄酒凭肚量，喝啤酒凭海量，喝白酒才是凭酒量。"言下之意，啤酒黄酒不是酒，是酿尿的液体。到了上海，这话变了："喝白酒靠胆量"，可见白酒的厉害。所以上海人是不大喝白酒的。

上海的大饭店，叫"酒店"，在山东往往称"饭庄"；上海人请你上酒店吃饭，山东人请你上饭店喝酒；上海人吃酒水，往往无酒；山东人吃酒席，可以无饭。山东人醉了，是够朋友的英雄，有道是："喝酒不喝醉。不如打瞌睡。何况还是酒。不是敌敌畏。要喝一定要到位。"上海人醉了，就成了"酒水糊涂"的狗熊。同样见面问候，上海人："吃了吗？"山东人："喝了吗？"近十年上海发展，见面语变了："生意好哦？"山东也是大发展，但问候依然如故："喝了吗？"山东人是忘不了酒的。

喝酒，应该躲到山东去，在那里，"天不管、地不管，只有酒管；碗也罢、杯也罢，大胆喝罢"。喝得无拘无束，原形毕露，真是男人们的极乐世界。

山东的酒，不像贵州的酒，有股酱油坊的腐味，又称酱香型。山东酒，浓香型，开坛三里香，浓烈火爆，好一派山东大汉的冲霄豪侠气，直逼人来。小酒馆里，香气裹人。酒过三巡，几桌人不分生熟，此起彼落抱拳招呼，气氛渐渐地热烈起来。这时，店老板必来一桌桌前，敬请大家一盅，以示客主两忘，不分亲疏贵贱，一时大同世界。那种浓浓的人情味，简直就是古道侠肠透心暖，在上海是绝对享受不到的。

到了山东，你口才再好，意志再坚强，也推不了这一桌桌人情宴席。那种小酒盅小拇指宽窄，浅浅的半截深，仅容一掬泪水，山东人喜欢低头撮口汲，"吱吱吱"，小老鼠般的尖叫，一扬脖，一杯，南方人以为不过尔尔，放下警惕。朝门坐的主人站起先敬酒，话很软地套住你："感情深，一口闷；感情铁，喝出血；感情浅，舔一舔；没有感情赏个脸。""赏个脸"近乎乞求，你纵有项羽举鼎之力也推辞不了。可是一旦破戒，就刹不住车了，一桌子都会来攀亲道旧，扯出个"一表三千里"的关系，缠得你谁也轻视不得，真以为"一杯二杯不算酒，三杯四杯漱漱口”，到后来，“七杯八杯扶墙走，九杯十杯墙走我不走”。这就是小酒盅的厉害：滴水成河、聚沙成塔。现在看到小酒盅就想到阴谋。出得门来，月移西檐，满院霜白，人影泻地，摇摇欲坠不倒，甩腿交叉而行，真的就踏进了《水浒》的境界去了，演一出形神兼备的武松醉拳的地上皮影戏，再唱上一口西皮散板：“有酒不知天地小，任他肉眼看英豪”，将将将，回转了家去，高举双拳擂门。

上世纪80年代末，我在泰山脚下设柜台开饭店，90年代初，是肥城县酒厂的上海经营部经理，山东是我的第二故乡。到山东，“凤（逢）酒必喝，喝酒必凤（疯）”。看多了，归纳出山东人喝酒六层境界：甜言蜜语（劝酒），斜风细雨（斟酒），豪言壮语（快了），胡言乱语（醉了），不言不语（睡了），倾盆大雨（吐了）。四川人吃菜：辣不怕，不怕辣，怕不辣；山东人喝酒：醉不怕，不怕醉，怕不醉。看醉是酒后一道点心。

这些年杀回上海做事面，曾经斤酒豪饮不过茶一杯的我，如今喝了白酒就反胃，所以轻易不碰三点水了。但是在我的书房里，面窗的墙上，常常挂出一幅对联：世上几百年旧物，无非喝酒，天下第一件好事，还是读书。我是很缅怀书生本色：诗酒人生的快意；书橱里，供奉些好酒，以象征男人应有的勇气与侠气。总有一瓶启盖，必是浓香的山东酒，弥漫些浓酒香味。有部电影《闻香识女人》，我呢，闻香忆故人，它让我时时沉浸于曾经的酒场岁月，常常想起猜拳吆喝的山东朋友们。

酒，曾是男人最鲜明的特征，离我们不远，已成为我们追慕的图腾，一尊尊从未殉葬马王堆里的酒具，还散发着一缕缕人情的醇香。

红烧圈子

猪八戒浑身是宝，但是摆得上吃客台面的，只有“一小撮”，鼻子的末段：鼻冲；肠子的末段：直肠。

鼻冲，猪八戒天天靠它拱槽觅食，等于天天练“健美操”，所以，这个部位全部是肌肉，都是活肉，没有赘肉，紧紧抱团有劲道，嚼头好，切成片，特别香。可惜一个鼻尖只能装一个浅盘：堆作一撮尖，少得来，让你不敢动筷子。最好“一人独席”，切得厚厚的，糯米糖藕的宽度，才有韧劲，弹牙齿，嚼在口里，一嘴油香。倘若成片，云片糕似，禁不起一阵风的薄，韧的意思没有了，那是一桌席的货色，敷衍场面的，充其量，医院的肿瘤切片而已，比虚拟的真实些罢了。

肚里的肠子，最靠近出口处，最粗壮，上海人改称“圈子”，一圈圈紧裹成团，这段肠辅助胃消化，不停地收缩，每时每刻在“练腹肌”，哪怕晚上休眠状态，也在蠕动，因为这些缘故，这个部位，既不是肥肉，又不是脂肪，也不像肌肉，而是平滑肌：比软骨柔，比精肉肥，比木鱼蛋滑。还有蹄筋的韧、肥肉的香。这个部位，也是营养吸收最丰富的，所以特别丰沛、特别的香。一句话：滑润香腴。可惜，只有5至7寸的一段，两个猪八戒的直肠，仅仅做一盘，只宜“一人席”：独吃，却是两条命换来的。

广东菜以海鲜、点心为佳，也做大肠，也许受烤乳猪的习惯影响，大肠段也是烤的，外脆内软，但这一端的平滑肌的优点 —— 滑润，没有了；山东名菜“九转大肠”，是整段肠，厚薄不均，于是肠套肠，饱满是“撑”出来的。

“红烧圈子”最肥腴的，以我个人的狭隘，在上海，过去“老正兴饭店”，现在“外插花”，新增加了“来回饭店”，又肥、又韧、又红、又香，饱满如周岁的婴儿脸。有些菜馆也直木高悬，以这道菜为招牌，但是端上来，瘪塌塌的，病怏怏的，一脸的皱皮，一面孔的苦大仇深。那种招牌，哄人的幌子。原来材料不同：用直肠，而不是大肠，后者是前者的几倍价钱。上海有句老话：“便宜无好货，好货不便宜。”世故的深刻，千年不败。

"红烧圈子"是上海本帮菜的看家菜，好像出典于"老正兴饭店"，现在，老东家剥离出一批伙计，他们集股开设"来回饭店"，店名太随便，就像老浦东取名字，"根"啊"林"的，想到啥就是啥，没有老法的典雅，也没有现代的洋气，但是它的菜，确实是"老正兴饭店"的厨师长宗志君带来的，他在"老正兴饭店"学艺二十余年，是劳动部颁布的"特级厨师"，饮食界的"中科院院士"。自立门户后，又推陈出新。他的"红烧圈子"，先沸水煮去异味，七分熟即出锅，瞬间浸在隔壁冷水锅里，骤然冷却，直肠里内蓄的油脂，依旧凝聚于壁内；然后回锅一煸炒，迅速放作料扣盖焖，直至收干所有的汤汁即将粘底，这时的"圈子"，油亮、入味，装盘后，更加饱满，糯而不烂有嚼头，沉甸甸的一咬一泡汁。如果出水十分熟，再焖锅入味，总有些过、有些烂，端上桌，就会起皱，属于"微软"产品。

来回饭店的"红烧圈子"，师承"老正兴饭店"，又不同于"老正兴饭店"，妙在"似而不是"之间。

因为体重有些超标，肝裹脂肪，医生禁止我吃猪的内脏。来回饭店在闸北公园的斜对面，离我家、办公室都很远，过段时间，总忍不住重访，进去坐下，单点这个菜"红烧圈子"，一段一段，切得很短很短，变成一块一块，方方正正的，像块麻将牌，塞在嘴里饱满而有弹性。忽然想起我在《消费报》的同事、亦师亦友的江礼旸，曾经告诉我写作秘诀："句子要短，才有弹性。"宗师傅的"红烧圈子"，与江的秘诀异曲同工。

然后，从共和新路步行到江浦路，来一壶老茶汁——普洱茶，黑黑的，特别地去腻，说句不争气的话，我是"红烧圈子"的"粉丝"哎！

三年老鸭

三十年前，上师大一外语系同学去青浦教书，那时的青浦是县，不是市区，属于郊区，当地人一口本地话，国际音标[ɔ]总是读不出，终于读出来了，音又不准，因为音节短促，稍纵即逝，很难纠正，这位新老师想出新招术，[ɔ]就是上海话："鸭"，然后示范："鸭子的[ɔ]"，最后领读："一二三"，全班异口同声：[æ]！原来上海地区的鸭：市区人读[ɔ]，郊区人读[æ]。我恍然大悟：什么叫民族？语言不同；什么叫区域？发音不同。

上海人鄙视"拎不清"者，曰："鸡跟鸭讲！"

鸭，躺着中枪。

总体而言，相对鸡，鸭还是正面形象为主，唐老鸭尽管亢奋得有些十三点，但不是戴一只眼罩，或罩一脸袜套的坏人。一年三节：端午、中秋、春节，这是商家之间清算宕账的日子，旧上海的生意人很重视。上门结账，免不了见面礼，收账的给宕账的送礼，这叫厚道：谢谢您的照顾！见面礼很讲究，首先时令，其次稀缺，稀缺到"稀奇不煞啦"的惊艳。比如中秋送鸭子加芋艿，主角是鸭子，芋艿因鸭子而身价百倍，好比伴娘 —— 因新娘而闪亮，所谓"光芒驾到"。这个鸭一定是三年老鸭，人中吕布、马中赤兔、鸭中极品，上海有句老话：三年老鸭赛人参。

三年老鸭的记忆点：脚板多老茧，相当老年斑。这是岁月磨损的痕迹，一年鸭与三年鸭的价格相去甚远，原因：成本不同。一年鸭属于产妇，产蛋率最高，几乎一天一只，卖掉的鸭蛋足以弥补饲料的价钱，农民噱称：一年鸭自己吃自己。到了第三年，好比"拉布鸡"（沪语：不生蛋的老母鸡），只进食不出蛋，如同铁公鸡，一毛不拔，成本陡然上升。所以，鸭子过了周岁，农民抛售，成本低，售价自然也低。一年鸭与三年鸭，好比卖童养媳与嫁大姑娘，聘礼落差在于养育成本。菜场里，吆喝的三年老鸭，一百元一只，就是周岁鸭 —— 阿乌卵冒充金刚钻。三年老鸭，如买古董，宁要对的，不要贵的，否则，人参变成人参萝卜了。

酱鸭、烤鸭、板鸭，往往是圈养脂肪鸭，因为油腻，所以肥嫩。清炖只能是三年散养老鸭，揭盖满室香，若选圈养鸭，炖脂肪耳，揭盖一层油，厚厚的，如覆一层棉被。真金不怕火烧，是否散养鸭，清炖是炼金炉：周岁鸭经不起久煮，皮 —— 破了、缩了、窄了，裹不住全身，相当于大屁股穿开裆裤，一蹲现破绽，就像逻辑学里讲的概念不周全。三年老鸭，死猪不怕开水烫，皮老骨硬煮不烂，不破皮、不破相，皮老骨硬，一层鸭皮，戳也戳不破，只能借助道具，最好从尾部寻找突破口，撕开裂口，用筷子夹起、翻卷，可以从尾部向头部扯去，如脱高领子羊毛套衫，从下揭起，从头部脱出，这叫“蜕”，整整一张鸭皮，鸭，仿佛是披着羊皮的狼。贪食者不得不站起，悬空撩起，塞入口中，油浸浸的甜香而肥腴，闭上眼睛品啧，打耳光不肯放！什么三高忌口，什么医嘱再三，拼死吃河豚鱼！合辙上海坊间俚语：谈啥？只要开心。

然后拧下一段鸭脖子，罩在八仙桌上的笼罩里，不能进冰箱，留着下一顿，依旧原汁原味，胶质不败，依旧香甜，这是含蓄的美食者。鸭脖子从早到晚在转，都是活肉。动物中，除了鸵鸟长颈鹿，脖子长于身子的，大概只剩下鸭子了。脖子越长，用力越多，活肉越多，头肉越精，一脖子的韧劲，是其他部位不具备的。顺着纹路撕下，像鞋底粗线一样，一缕缕的，既有槽头肉（颈肉）香，又比精肉韧，不肥不腻。选一个月明星稀的晚上，檐下一盏，桌上一盅，口中一缕，再下载好一段评弹，只要说书，不要弹唱，一缕入口，恰好惊堂木一敲：“哪哼”，带劲！

剔尽最后一缕颈肉，脖子就成了一尊千疮百孔的太湖石，对着嘴，如吹箫，一吮，吸出脖子里的一腔精髓，油香，最后折成一段一段，眯着眼睛瘪着嘴，吮空腔内所有，仅剩骨架子，塞入口里，嚼罢，榨汁溢香，这叫“敲骨吸髓”。此时此刻，仙哉人生。美味不在价高，好比交友，不在有地位，而在对口味。

剔鸭脖子要有耐心，一缕缕扯，从头揭到尾，一缕不“断”是一功；喝小酒，要有闲心，抿一口点滴，润唇而已，浅酌低吟。什么叫幸福？与月对饮，窗前一树，灯下三影，如影随形，自得其乐。幸福无他：缸有余粮，门无债主；囊有余钱，胸无大志；盘有鸭脖，夜无噩梦。

猪脖子短，相比鸭子头，槽头肉油香多、韧劲少，一口下去，仿佛一脚踩在狗屎堆，软绵绵的缺嚼劲。吃多了，还会泛胃酸，一不小心，还会诱发宿疾。

一年鸭的皮，如一张糖翼纸，入口即化，除了油腻，一无所有，有害无益。嘴里一层皮，好比眼里飘过一片云，若有若无，吃的是风去无痕的幻。要品出鸭皮的肥腴，须三年老鸭，整鸭清炖，没有辅料大料的熏陶，只有油星圈圈，漂浮着，这样才纯粹。纯粹才是本味，如卸妆后的美女，才是国色天香，布衣乱发不掩国色。

说蟹

浙江的笋，比如慈溪鸣鹤镇的雷笋；江苏的蟹，比如昆山阳澄湖的河蟹，乃南方菜肴的天厨羡菜。春笋秋蟹，再忙，也不可忘；再贱，也不可弃。

过去，河蟹是江南稻田水沟里的寻常物，蛙鸣四下的秋夜，在泄水口放置一只筐篓，架悬一盏暗红风灯，河蟹趋光而至。家有远客，农家就是这样准备下酒物的。上世纪60年代初，我母亲曾在张华浜教过书，夜晚灯下批作业，开着门透风，一会儿就涌入一片铠甲武士的蟹，顺着墙根横行。夜深人静，丝丝喷沫声，好一篇《秋声赋》，仿佛夜之叹息。那时，蟹比人凶。

到了80年代中期，农药的普及，河蟹锐减；高收入阶层的出现，蟹价倍增。"今年我吃过蟹了"，这是镶金牙、戴金表、挂金链、箍金戒指的"金"先生炫耀的"标的"，剔着牙睥睨群雄的。集市卖蟹的，从不与推自行车的人搭腔，路人看活蟹，如看台上时装模特儿，"可远观而不可亵玩焉"。那时我在《消费报》记者的干活，曾有篇投诉稿，编辑作的标题："一个蟹脚九元钱——吓煞人！"1986年大学毕业生的工资58元，9元钱不如坐腚大也是巴掌大的数。原来挑剔者不慎碰落一只脚，卖蟹者嚷嚷："这只脚谁会要？"一定要赔，一称9元钱。卖者还算客气，倘若说蟹因此落下终身残疾，那就要大出血了，没有一二个月的薪水别想走人。可见当时蟹之天价。

当时的我，穷秀才一个，与蟹无缘，只能从书中望梅止渴了。"右手持酒杯，左手持蟹螯，相浮酒船中，便足了一生"，这只是一种风流。还是张岱在《陶庵梦忆》里写得味汁四溅："壳如盘大，坟起，而紫螯巨如拳，小脚肉突出，掀其壳，膏腻堆积如玉脂铂屑，团结不散。"末了忍不住《一声叹息》："惭愧惭愧。"吊馋文章的读后感："饱了眼皮、饿了肚皮。"实在眼馋难忍，系上围裙，来一碟炒蛋，掺些醋与姜末，一样的蟹黄膏香，味香冲鼻，依稀仿佛，聊胜于无。这个菜，上海主妇都会烧，取名"蟹粉蛋"，夸张些，叫"赛螃蟹"也未尝不可。菜名运用了借代的修辞手法，这叫"穷人穷开心"。

这几年，养殖业的发达，蟹的产量大增，价格摔跌，如果谁再说"今年我吃过蟹了”，那不是炫耀，而是祥林嫂的唠叨：“我家阿毛……”人工蟹壳软肉松，远没有野河浜里的蟹：肉紧黄硬味鲜。吃不到野生的，最好自养，这是一位崇明朋友老外公的养生经验。夏天，选一些河蟹，储在一只只大坛里，坛底铺层沙，铁砂板似的硬，坛要土窑烧制的，坛壁毛拉拉的粒头粗糙，便于蟹脚不停地爬抓，引诱蟹坚持不懈地攀岩，蟹脚强硬，居然可以在玻璃上横行霸道，自然肉头紧，有嚼头。坛里还要放些芝麻，这样的蟹，膏黄肥又香。这大概是受了高邮咸鸭蛋的启发。高邮鸭啄虾米，所以蛋黄泛红冒油星。这叫吃啥补啥。这是中国人的滋补观。如此的话，田径运动员应食猪爪，当然是后脚，篮球运动员应多吃前蹄，因为广东人称之为猪手，申花队得冠军的那年，上海有道应景菜：“猪八戒踢足球”，就是猪爪炖肉圆。什么时候，上海东方大鲨鱼队夺冠，这道菜味道未变，菜名要变：“猪八戒投篮球”。题外话，仅供粲然一笑。

坛蟹饲养术还有新的馊主意。现在水质差，最好继之以农夫山泉，再放些钙粉，白相“新钙念”，估计蟹脚更硬。

秋风到，蟹纷纷入洞静养，做起沙母娘（上海话：产妇），此时蟹最肥。每天，从坛中捉两只“新钙念”的蟹，佐酒。不会吃的，剥蟹黄；会吃的，吮蟹脚，一吸一空。还有文武之分：文吃以蟹爪为刃，剔与挑为主；武吃以牙齿为兵，咬与嚼为主。文吃一只壳，武吃一摊渣。一只壳盖一只萤火虫，傍月檐下一盏蟹壳黄。酒，要浅盏慢饮，蟹，要武戏文唱，不紧不慢，醇醇然入黄昏，再伴一段苏州评弹，软绵绵的陈年地窖黄酒味，最好。宋人黄庭坚说得妙：“味浓香永，醉乡路，成佳境，恰如灯下故人，万里来对影，口不能言，心下快活自省。”

自省是一种体验。

蟹的贬喻

西风起，红枫落，又是持螯拆蟹的时节，这道美食，好比美女，美成了招惹苍蝇的聚焦点，往往被诟病。

美女的近义词：狐狸精。“若要活到九十九，除非老婆长得丑”，最有力的反证：皇帝为何短命折寿，因为“后宫佳丽三千”，美丽就是害人精！最矛盾的是老派婆婆挑媳妇，“不好看”不高兴，“很好看”更不高兴，“迭只狐狸精”，美丽比丑恶更恐惧。美女如杉树，再正直，也有斜影。

如同美女，作为美食，螃蟹也往往被贬损，“蟹六跪而二螯，非蛇鳝之穴无可寄托者，用心躁也”。在先秦文献中，螃蟹就是个跳梁小丑。六跪而二螯，若蘸上墨汁，在白纸上涂鸦，笔画多于繁体字，上海方言：蟹爬。我读大学时，教我们外国文学的老讲师，右手短一截，全靠左手写字，他的板书汉字，实在不敢恭维，硕大无朋，踮着脚拉下一块黑板，才几个字，一笔一画都是散了架的，仿佛一地棍棒，卖相绝对恶劣，居然评上副教授了。上世纪70年代末，副教授属于皇冠，绝对稀缺。另外一位粤籍老讲师就不服帖了，他在北京读的大学，沾上了北方口音。到上海娶了个沪籍嗲妹妹，镶嵌了上海口音，他的粤式国语，“杂种”得很，那天在课堂上忍不住“开坏”（上海话：背后损人）：“听说某银（粤语：人）要当副教授了，他写的字像蟹婆。”“蟹婆”就是“蟹爬”的上海方言。有道是：“天不怕、地不怕，就怕广东人讲官话。”我的那位老师的广东官话，不仅北方化，而且上海化。不怕你听了听不懂，就怕你听了肚子痛——笑勿动。三十年前上海人讽刺愚不可及的可笑之事，频率最高的比喻：蟹也会笑。谁看见过蟹哭，更没有听到过蟹笑，因为实在不知道螃蟹的嘴在哪里，这分明是上海人“装榫头”，给蟹硬套上去的“莫须有”的罪名。

螃蟹作为比喻，几乎都是负面的。《昔日贤文》里有一句：“但将冷眼看螃蟹，看你横行到几时。”明明骂恶人，莫名其妙蟹成了替罪羊。崇明盛产螃蟹，个头明显小于阳澄湖的蟹，奥拓与奥迪的差距，所以短小精干的海边崇明人的绰号：“乌小蟹”。崇明人说活，尾音总缀以“蛤”（上海话里，蟹读蛤）：

“有的蛤、姆的蛤”，滑稽戏如此解释：“姆的蛤、姆的蛤，姆的蛤就是没有了。”“没有了”突转为普通语发音。所以崇明人简称蛤，全称 “乌小蛤”，言其黑黠而小气。“文革”中期，港务局招聘崇明农民去当装卸工，他们非常节俭，食堂里的咸菜汤不要钱，他们就买饭不买菜，就着汤下饭。城里小青工促狭，噱称“汤司令”。

崇明男娶了崇明女，夫妻间难免斗嘴，男的总是吃下风头，女方错了，就举起撒手锏：“侬讲蛤么事啊？”突出“蛤”的重音节，再不服，连环炮：“蛤么事、蛤么事，侬再讲？”最后一句重炮：“侬迭只蛤！”崇明老公马上瘪忒。

在上海人嘴里，作为食品之外的蟹，总是被贬的。市井的歇后语：“螃蟹坐直升飞机 —— 荡空八只脚”，言其没有基础地高高在上。讥笑某人写的字趴手趴脚：“蟹爬字”。帮凶：北方叫狗腿子，上海叫“蟹脚”，去其根须叫“掰忒伊呃蟹脚”。由此引申开去，上海人骂不正经的女人，尤其倚门卖笑的，或半开门的，最形象的一句毒舌语：“哦，伊是开‘趴脚公司’呃！”蟹的特征：壳大肉少，“冒野”（胸口贴胸毛）男人的鄙称：“蟹壳王”，口气大于力气的叫“壳子”，一敲即碎，外强中干。倘若冒野的是小鬼头，斥之“六月黄”，嫩着呢。回光返照，俗称“撑脚蟹”，要死快哉！足球场上飞起一脚，球若不快、不直，骂声四起，次日体育报头版标题大书特书：“软脚蟹”。蟹，作为贬义词居然可以上头条，臭大街啦。

1976年秋天，三男一女的“四人帮”被抓，上海人欢欣鼓舞，举杯相庆，当年影响最大的一幅漫画，主角也是蟹：一雌三雄。现在想来不免暗暗为蟹叫屈，螃蟹与“四人帮”，非亲非故，没有半毛钱的关系，居然陪绑去了菜市口，冤，比窦娥还冤！

在世俗社会里，蟹总是陪绑的。

深秋的蟹，味界之王，优点太突出了，难免招妒，沾染一些贬义词，可以获得平衡，否则都是褒义词，一边倒，这个船非翻了不可。一味地好，在凡人看来，不是好人，而是非人。

猪耳朵

都说猪的一身都是宝，但骂人却捡猪的部件为喻，骂人笨，猪头三！骂人技艺泛滥无归不专业：猪头肉，三不精。哪三件？不得而知。但猪头三“鲜”在我的记忆中，却锉刀久锉也抹不去痕迹。三鲜者，猪颈、猪鼻、猪耳朵之谓也，尤其如蒲扇大的猪耳朵！

猪的一身，运动量最大的是猪耳朵，不管躺着、站着，只要醒来，整日扇，驱蚊扇风，上下运动，比鼻子活络，比尾巴勤快，表皮骨质化，脂肉“肌肉化”，表皮与脂肉几乎互为一体，皮腴若油脂，皮下肥肉紧凑若皮，所以韧且筋，特别油脂香。

猪耳朵是三明治：表皮、脂肉之间，软骨衬于其中，表皮韧、脂肉香、软骨脆，一咬“嘎嘣脆”，油香满口，极有嚼劲。

猪耳朵如中国地形图：西高东低！越靠近耳根，越靠近猪颈，兼有猪头肉的油香，自然越厚越香；耳之“边疆”是耳弦，越靠近耳弦越薄，越薄处骨质越丰富，皮薄肉少“骨密度”越高，自然越脆。

小时候，父亲从外地回家，总爱哼着沂蒙小调拎个肥大猪头，转过墙角，远远地向我们走来，猪耳朵目标最大，一扇一扇。跨入家门，啪！掼在案台上，大喝：“孩儿们，来看哩——！”一板一眼，京韵十足。我们兄弟仨呼啦围拢，双手扒着案台，踮着脚看父亲操刀。猪头最后投入清水大锅里，煮沸浮起一层白沫，撇去，然后撒上大把大把的茴香之类作料，大段大段的如椽大葱，盖实锅盖，然后煮，然后冒气，然后闻其“噗突、噗突”在锅内沸腾冒泡，然后弥满全室、全楼，下楼的邻居会特地拐进厨房，探头问：“老李，今儿个烧啥好吃的？”我们兄弟都兴奋地抢着回答：“猪头，介大的猪头。”两手圆圈状，夸大地比画着，兴奋不亚于电视中的抢答赛。片下的两扇耳朵，可以切出两大盆。

上世纪80年代末，未及而立，落魄下海，颠簸到泰山脚下的火车站，租赁柜台开店，是个标准“猪头三”。每次回上海进货，总要拐到铁道部十四局面前，那里有一个卖“猪头三”的玻璃罩摊位，摊主是个大姑娘，脸上一侧有块黑毛胎记，可能自卑吧，女孩很内向，不会吆喝，偶尔咧咧嘴，一笑，做的都是回头客的生意。我到摊前，她认得，“半扇耳朵”朋友来了。从卤水罐里，一叉勾出一扇耳朵，油晶乌亮，味重！一剖为二，然后取出半扇，再一划再划，宽窄划一的四瓣，一断为八，两瓣一叠，切刀斜片，飞快切出一拢耳朵条，像云片糕的脊梁似的，厚薄均匀。末了，片刀朝外一斜，齐刷刷斜成一陇一陇，片刀抄底，移入牛皮纸上，就像列队似的登陆。久而久之，油浸纸背，油亮透明。裹成一包，扎口封好，再买两瓶啤酒，登上列车。窗前落座，摊开一纸猪耳朵，一条条，短而脆，丢入口中的耳朵条，嚼在后牙槽，嘎嘣嘎嘣，脑门回响。一口啤酒，一段猪耳朵，这叫“小乐胃”。望着窗外，北方的低矮土垒房，漫及天涯的麦田在旋，眼前的护道林，齐刷刷地扑面而来，忽闪而后。车厢里播放着当年最流行的歌曲《少年壮志不言愁》，尤其开头：“几度风雨几度愁，风霜雪雨不回头。”声音凄厉而高亢，飘逸而苍茫，一遍又一遍，特别的励志。当年我刚刚创业，漂泊北方，回家有硬座就算幸运，有猪耳朵相佐，就是幸福，就是人上人。

卤猪头须下料狠，方才口味重，芳香浓郁。上海人也吃猪头肉，但爱干净，色淡，白净，看不出一点味，只剩下口筋，如嚼海蜇头，其中的油香满口则分享不到了。在我看来，煮猪头非北方人不可。暮春三月，江南草长，窗台前的水盆里的菜心爆出黄花蕊，此时的下午特别的长，十几年前，霍山路、保定路路口，总是摊贩成市，猪头三鲜分门别类，放置在木格玻璃罩里，一屏白纱垂帘。安徽人的猪头三鲜，特别畅销，去晚了，只剩下一堆赘肉 —— 猪头肉修下的边角料，一堆，有油脂香、无软骨脆。有时办事靠近虹口，下午就开始心神不定，草草完事，驱车去那里，摇下车窗，伸出手，高喝：“来5元的耳朵！”托上一掌耳朵条，一边开车一边捡起一条，丢入口中嚼，嘎嘣嘎嘣，脆得脑门有回音、额前爆青筋，再伴以克莱德曼的钢琴曲《回家》，悠扬而漫长，欢乐中掺以一缕忧伤，刚刚创业有点起色，特别的惬意。住宅边的熟食店，干干净净，往往是上海人开的，也有猪头三鲜，每每路过，掉头不顾。三鲜归类，白白净净，挂不住重味，泛出油脂，一股油耗气！腻得很！

鱼要清蒸，尤其海鱼。肉要红烧，尤其猪头，白惨惨的，尽是油腻！

上海面

上海产稻，北方产麦，结果嘛，“上海饭，北方面”。照理上海不该有面条，一定要有的话，不该是麦面，而是米面 —— 大米碾成的，广西云南所谓的米线，面条与米线，前者韧，后者梗，没有嚼劲，但久泡不烂。

1927年前的上海，一直隶属于江苏，江苏大半在长江北，北方面条自然影响上海，但已是强弩之末。面条到上海，主食成点心。上海饮食店，面条与点心归于一类，统称“面点”。上海人吃面往往是“换口味”，所以“味道”在上海话里读“面道”。

上海人以苏州面为上，讲究浇头，有腰花、猪肝、鳝糊、虾仁。山西路上有家苏州面馆：沧浪亭，一张塑封食单，密密麻麻的菜名，一碗面像个托，承载着各式菜肴，具体而微。菜的卤汁味道都聚落汤里。如果说，北方人在乎面的韧劲，那么上海人更讲究卤面的汤。不信？上海面分两类：炒面、汤面，大多数汤面。好比天下只有两类人：好人、坏人，大多数是好人。老上海讲究“宽汤面”：面碗开口喇叭花！一片汪洋，足以横卧一根葱，牛皮哄哄、振臂高呼：青龙过海！上海人吃面，汤很关键，面条？垫饥而已。减肥女人，末了，将面条撇在碗沿上方，筷子隔着：滗干。低头竖起碗，吮汤！长鲸吸川。与北方朋友干杯：“啥也不用说了，都在酒里。”在上海吃面，啥也别问了，都在汤里。有什么浇头，就有什么面汤。

上海本帮面，与苏州面大同小异，色重而已！最常见的红汤宽面，地位属“小三”，备选的配角：酒水楼里的点心、点心店里的一味，所以浇头往往是熏鱼、肚片之流下脚料、冷盆货。还有光面，酒足饭饱后，剩菜斜盆倾入，就是什锦浇头！此时的面，涮盘扫帚！凑成一碗烂污三鲜。苏州的面则不同，专业化：面馆里卖面，小户大妇，比如朱鸿兴、沧浪亭。那里的浇头，不是饭菜之余、冷盆之流，大师傅立灶持勺特制。有段时间，我喜欢吴越人家的黄鱼煨面，汤汁微白，汤浓味厚。尤其鱼片微卷，如玉兰片，一瓣瓣，肉质紧而滑，齿间有物，货真价实。那一撮咸菜屑，一耸青峰，宛若盆景。每每到市里办完事，不肯回家，或坐地铁到陕西路站下，到季风书店，或到南京东路站下，去福州路书店，翻杂书不假，混时间是真，等到饭市，弯到隔壁吴越人家小酌，开裆裤朋友有点儿嘲："阿哥，侬上去啦。"吃面放黄鱼，吃饭就要放黄金了！

同样面食，就价位而言，苏州面，面包价；本帮面，馒头价，光面属于淡馒头，浇头面等于肉馒头，好比白粽蘸白糖。同样浇头面，苏州面就是85° C，猪头肉卖出叉烧价钿，这就是档次！

但本帮面实惠，价位低廉，可入千家百户。墙角路边露天摊，扯张帆布棚，或者弄堂口凹处，就可能有个酒菜兼面点的小铺，雪飘黄昏，裹大衣而入，上海面：面条在碗里，浇头在碟里，最后合二为一。先上浇头，再烫一铅壶黄酒，一人向隅，檐下独酌，这也叫"做人"。兴高采烈时，左腿叠着右腿，手指击打着膝盖，随着半导体里的戏曲调头，摇头晃脑，吃吃停停，末了，嗞——，仰面吮尽最后一滴，扭头高喝："上面！"就是一碗光面，但白围单师傅不敢懈怠，出水面，笊篱里腾空跃起翻三翻，沥尽、甩尽，长筷撩起，挑入碗，一左一右，叠在碗里，顺势将断面掖入碗底。残剩的浇头，连同卤汁，卸入面碗里，这叫"过桥"。末了，大碗盖住脸面，起身一个饱嗝，抬起长袖，一撸嘴，作开弓锯鼻端状，仿佛"射雕英雄"，迈步出门，"那雪正下得紧"，乘着酒兴，引吭高歌："走走走走走啊走，走到九月九，他乡没有烈酒，也没有问候！"搪瓷灯罩晃于风中，人影一长一短，忽东忽西，甩于壁上、斜于地下，一巷皮影。那时的我，无业兼单身，落魄兼创业，偶有微醺，至今不忘。

面，平头百姓的快餐，如今越来越贵了，浇头从鳝丝、到黄鱼、到日本料理，居然鱼翅鲍鱼，一碗面"开出天价、吃穷一家"，老太婆叉八字开——瞎来来！

上海的西北面条

同样种麦区，都是麦制品，欧洲是面包，中国是面条，面包讲究松软，追求通胀；面条讲究韧紧，追求通缩，面条的妙处就在于韧的“劲道”。

长江，以南产稻，以北产麦，南方吃米饭，北方吃面食，山西人见面，好问：“吃食了吗？”食谐音“屎”，不免一愣。食，面食也，非屎也。在北方，面条是主食，朋友请客，最后赏米饭，那是见外，你这个南方人依旧“门外客”，倘若垫饥的是面条，那么就把你当朋友。北方是“无酒不成席，无面不成欢”，酒后不来碗面条或水饺，睡觉不踏实。好比婚后没孩子，总缺了些什么，心里硌得慌!

山东水饺，山西面条。水饺靠馅子，面条靠面筋。也许西北更寒，成熟期更长，那里的麦制成的面更韧。

西北的面店，门帘很小，当街支锅，蹲在门外，沸水鼓泡，蒸汽腾腾，人隐于后，半遮半掩，云里雾里，忽而露出你的鼻子，忽而淹没你的眼睛，不断变幻歪曲。锅旁是面案，远远地，白围单的师傅，低头、撒粉、揉面，踮起脚尖、落下脚跟，捺下面团、翻起面皮，左肩高、右肩低，不抬头、不看街，反复揉、下死力、看出力，面团泛起油亮的润泽，面劲出来了！忽然街坊有事找，临走前，习惯往面团上拍上一巴掌，烙下五个手印，慢慢鼓起抚平指痕。这样的面条，入口可嚼，不粘牙齿、不嵌牙缝，上海话：韧绞绞。

三十年前去山西，见师傅“啪 ——”，一摊面扣在剃须刀刮净的光头上，手臂近耳、手掌过顶，飞刃削面，有的左右开弓，一片片，远远的，飞跃而去，滑翔入锅，只荡开涟漪，未溅起水星，那就是刀削面，一片片的，宽窄不一、凹凸不平，入口丘陵状，特别有嚼头。

三十年后，在浦东，特别是联洋社区，集中了各地精英，那里外地人比上海人多，各地风味尾随而至，荟萃一街，我称之为各地饮食公司的“驻沪办”。山西面馆有好几家，但锅不能放在门外，城管要管你，这就是都市与城镇的区别，变通的方法，店堂内开明档：隔着玻璃看见冒泡、冒烟的大面锅，还有大锅盖，翻过来，盛一盘蚊香盘的面条，锅与盖之间，永远横一线、粗粗的，面条！师傅居间扯线，从锅盖往锅里送，双手一扯一扯地送，就像布店伙计三尺一扯。我猜想师傅在数，多少尺是二两、掐断，多少尺是三两、掐断，一碗面就是一根不断的面，招牌：山西一根面馆。

从山西再往西就是兰州，兰州拉面与山西面条似是而非，也是面案当街，当街揉，有客要，拧下一面团，双臂伸展，一次抻缩，扯出无数缕，再次抻缩，散出一倍缕，一遍遍扯，就是一倍倍增加，最后扯出千丝万缕。双臂一伸一收，面线上蹿下跳，似波涛汹涌。直臂挺胸，丝缕横于胸前、悬于双臂间，频如弦颤。手腕一抖，上甩下摔：高于头、低于胸，当空抻、当街舞，仿佛五线谱在咆哮，扯都扯不平，更紧更韧，细细的，油闪闪，双臂一拢，面线盘腿旋下，入锅就熟，撩起一翻，沥尽水渍，搁在海碗里，悬在宽汤里，居中隆起一撮，食者出门接个手机，再回到桌前，汤不浊、面不烂，清澈见底，这就是回民的绝技：牛肉面成了牛拉面，有得是韧劲。我喜欢去戴着白帽子的回民拉面馆吃拉面，不仅干净，而且味正，一碗鲜香，不浊不荤，清澈见底，连个油星花儿都没有。撒一撮葱花，漂在汤面，浮而不坠，卧似夏日荷塘，色如青葱岁月。

冬天，尤其三九严寒，临近年关，出差西北，孤寂一人，面馆就是家，一碗面下肚，周身热乎乎的，北方“冬三宝”：毛裤、姜汤、热汤面。

山西一根面，越拉越长；兰州拉面，越扯越多。汉民有言：瞎扯，指话越扯越多，与面条异曲同工：越扯越有味道。

阳春面

在上海，最低廉的面，名字却富丽堂皇：阳春面！阳春白雪的阳春。其实呢，就是光面，光头的光，没有浇头。借用立弄堂朋友评价："阿哥，侬勿要讲得介大好哦！"

阳春面的那碗汤，一汪白开水，充其量放一撮碎葱花，散落于碗、漂浮于汤，若一池浮萍。一罐白脂猪油膏，挑一筷头，溶化于清水里，一点油星，孵出一圈圈，透明的睡莲，没有睡莲叶瓣，只有叶之边线，勾勒出"叶"之空白，隐隐然反光，一碗水就是一个荷花池。再滴几点酱油，咸头吊鲜，味道就出来了，水就成了汤！面馆小些，只有单开间的门面，屋内就弥漫着葱油香了。

阳春面是个底盘，加什么浇头就叫什么，好比旧时女性，跟谁就姓谁：张氏、李氏。加青菜叫菜汤面；覆上咸菜叫咸菜面；再切上几丝肉，叫咸菜肉丝面；加一份五花肉，就叫大肉面；加个蛋，就是荷包蛋面；加上块排骨，浇一层"糊"——稠般的卤汁，那叫排骨面。一碗面，可以窥探出食客的阶级成分，花头在于浇头。阳春面属于贫农，是阿必大。大排面属于富农，是婆阿妈。大肉面是农民工，咸菜肉丝面是小市民。味千拉面是住电梯房的女白领，鱼翅鲍鱼面，就是坐着奔驰来轧闹猛的男老板，"不求最好，只求最贵"，这就叫"贵"族，又叫寿头！

阳春面是赤膊面，没有帮衬，关键在汤。一撮面条，落在酱油汤里，就是酱油味，号称"酱香"型，属于茅台系列。落在味精汤里，属于味之素掺水——西施蛋汤（稀释淡汤）。落在骨头汤里，上游蹄髈汤（头潽），下游骨头汤（二潽）。阳春面落汤，很像旧时女人：嫁鸡随鸡，嫁狗随狗，嫁根木头抱着走。最悲惨的结局，落在白开水兑味精，好比男人入错行，应该掘石油的，结果卖豆油了。梦想当兵，却成了民兵，第一次训话："一个人一支枪——这是不可能的。"训话的还是个结巴，一句话分两段，前半句很开心，后半句很伤心。

读小学时，中午放学，回家第一件事，就是先炖上一锅水，然后飞快跑到后面的米店，那时的米店叫副食品商店，没有品牌，只有数字。我家最近的米店叫上海市杨浦区第十六副食品商店。不仅卖面粉、卖面条，还卖馄饨皮。8分一坨面条，一块手绢大小的旧报纸衬着，托在掌心，飞也似的奔回家，一锅水正好开了，倒入面条，巧合得就像练杂技。沸泡瘪了，水面平了，盖上锅盖。再沸腾起泡，又倾入半碗冷水，第三次沸腾，就该熄火捞面了。等水沸腾的间隙，粗瓷碗里放点酱油，挑点猪油，味精瓶口倒置，手指弹落些许味精粒末，冲上半碗开水，不用煮面水，怕黏液、泛黄，而且碱性重、碱味浓。

上班了，拿学徒工资了，也在路边面店吃面，哪怕阳春面，也算开荤。家里的阳春面，是酱油汤，店里的光面是骨头汤，沾了油腻肉腥。等面条上来了，急吼吼，挑起面条使劲吹，坐在对面的，一脸热气、蒸汽，享受免费桑拿蒸汽浴。有时站起，横着脸上下吹，调皮！那是小学时代。末了，旋着碗沿吮汤汁，那个鲜，真馋！

阳春面8分一碗，那个时代居然可以请客，甚至请女朋友。看完电影逛马路，累了，选个饮食店坐下，高喊“两碗排骨面”，属于“搞大了”。女朋友马上接口：“师傅，我只要一碗阳春面。”这叫帮侬“做人家”（上海话：节约），豁胖不失面子。“吃阳春面、谈女朋友”！就是那个时代的幸福生活：前者是幸福指数，后者是幸福感觉。

“文革”期间，上海人只剩下阳春面了！那时立弄堂口吹口哨的小敨卵们有首溜子谣：“为来为去一碗阳春面，脱光仔裤子衣裳练身体、卖身体，练呀么练身体。南京路上撑市面、淮海路上竖蜻蜓……”一碗阳春面可以让好汉变死党，为你赤膊卖命！为侬“南京路上竖蜻蜓”，十三点兼发羊癫疯，蛮伤精神的，却是体力活。

浇头

浇头，不是洗头的上道工序，更不是冲淋的术语，而是饮食术语。

小时候，面条意味着光面，抓一把面条丢入一锅沸水中滚三滚，捞起，盛在放了撮细盐、几滴酱油麻油的粗瓷大碗里，再挖一耳勺猪油，一圈圈的星儿，亮晶晶的，香溢喷鼻；如果奢侈些，再撒几粒小葱段，翠绿点点，那就是环保绿色产品，雅称“阳春面”，阳春白雪的阳春，曲高和寡的阳春，真把“讽刺当补药”，穷有穷的乐趣。埋首“呼噜呼噜”，最后一碗盖脸。用苏北话讲更传神：“不吃不吃三大碗，偷着摸着又是三大碗。”轧女朋友荡马路，请客往往是8分钱一碗的“阳春面”，在单位吃饭，连“阳春面”都舍不得吃，来一碗免费的漂菜叶的清汤，淘饭，节省下钱买三十六只脚的整套家具，也落下终生绰号：“汤司令”嘛，“阳春面朋友”，言外之意：小气！

浇头，是另起油锅的小炒，等于“光面”盖件皮大衣、“赤膊拥抱皮夹克”，在一般的劳动人民是桩大事体，倘若不是大寿，光面放浇头，那种辉煌不亚于“金榜题名”。我家前面红房子住着拿出海津贴的国际海员，他们的子弟喜欢捧一大碗浇头面，抄起面高过头，很张扬地立在弄堂口，好比现在裸身系领带、赤膊戴“劳力士”手表，有点“寿嗒嗒”“死扎台型”的意思（沪语：傻乎乎、死撑面子）。用现在话讲：这叫“做人”。

“文革”后，浇头渐渐复辟了。先是素浇面，豆腐干炒青椒，豆腐干有点豆腥气的霉腐味，熏鼻。那时的饮食店既卖8分一大杯的冰镇啤酒，也卖面、卖酒、卖菜，属于饮食百货商店，但多数人到饮食店还是吃面，就像山东人到饭庄喝酒、上海人到酒店吃饭一样。所以到饮食店买长木牌的面筹码要讲清爽：光面还是浇头面。浇头错换成光面还有零钱找头，倘若光面错成浇头面，不仅遭白眼，还要倒贴贴胸内插袋里的乘车铜钿，然后唱着《长征组歌》，身体力行走回家，到家空乏其腹，再补一碗堆得山尖似的糙米饭做填充题，赔大了！

现在面店向专卖店发展，浇头向海鲜发展。饭店只卖酒菜，面条是点心。连面馆的面条也成为附属品、非卖品，浇头则是必卖品。苏州面馆风行上海滩，收账的往往探头高喊：爆鳝丝、炒虾仁、目鱼卷，连“面”也省略了，因为光面单一军种消灭了，只是垫底的附件，恕不单卖。一筷子抄起，凌空迎风飘扬像门帘，面前抖一抖、上下吹一吹，放下，再翻抄几下，将浇头埋入面下，溶于汤里，然后来个长鲸汲川，吮净一碗汤汁，一抹嘴，忍不住高喝一声京腔：“鲜哇！——”锵锵锵，一扬首，挺胸凸肚出了小面馆，剩下的一堆面，干乎乎的成了药渣滓。这就是浇头的魅力，让人混账到舍本求末。

浇头应该是现炒的，但是，十年前，那时饮食店大多数是集体的。先炒上一脸盆，守株待兔来一个挖一勺覆在面上，冷冰冰的，暗合一句老上海的粗话：“冷屁股贴热面孔”，好比现在卖盒饭。在山东则相反，面条预先煮上一大盆，冷却在冷水盆里，泡得发白。有客来了，再捞起一把放在热水锅里煮，那面条黏黏的、糊糊的，现在想想都能呕出来。但浇头则是捅炉子炝锅现做，吃面条就冲这浇头，浇头是苏州评弹的噱头、山东快书开场白里的“大实话”：“火车站里有火车/火车里面有旅客/旅客提着旅行包/不是上车就下车……”噱就噱在这点开篇的浇头里。

上海人将浇头理念引入饭店，做成盖浇饭，将现炒的菜卤浇在饭上。霍山路拐角的江浦路上，有一家下岗工人开的小饭店：阳阳饭店，那里的黄芽菜炒肉丝盖浇饭，也就是“烂糊肉丝”，拌在东北大米饭里搅和着吃，滑润得很，什么减肥计划都置之度外，盗用一句上海闲话：“打耳光不肯放。”坐在阁楼的木板楼梯下的条凳上吃饭，如果又是五月的傍晚，一盏灯，泛出一圈橘黄色的灯晕，烫一壶坛装黄酒，再来一段从收音机里溢出的旧戏文：“我正在城楼——”浇头朋友仿佛听堂会，陶醉得要昏过去。什么新天地旧天地，统统都是小资的虚伪，强盗扮书生。

苏北人的油豆腐细粉汤，更是浇头面的变种进化，粉丝就是面条，也是浇头里的主料，一碗油豆腐细粉汤就是一碗浇头。与兰州路交叉的济宁路口上，寒风的早晨，总有一对夫妻小摊，专做油豆腐细粉汤。挑一筷自制辣酱油，鲜、香、辣、辛全有了，三点水（汗水、眼泪水、鼻涕水）一时俱下，伤风感冒顷刻畅通。

浇头，相当于文章的凤头、演讲的开场白、儿童药片的糖衣炮弹、小阿飞的奶油包头。我忽然想起伊拉克战争的电视现场直播，嘉宾是一位国防大学作战教研室的主任张召忠，一身板直的军装，简洁明确的分析，展现出战争的艺术智慧，他是一位充满预见的军师，也是一位深入浅出的教师。可惜，主持人不断地插话，说了不少外行话，打断他的话也就割断了他的思路，气得我及雄性朋友们不断挥拳骂：“阿乌卵冒充金刚钻。”照理，主持人应该是浇头，嘉宾是衬底的面条。嘉宾张召忠喧宾夺主兼替了浇头，成就了一碗油豆腐细粉汤，主持人连汤都不如，这是浇头的蜕化、亵渎。

男女

比如张培

美丽女人与魅力女人，入耳常混为一谈，入眼也难以甄别，往往“混淆视听”。

美丽与魅力，前者是天赋，后者是修养。前者绣花枕头，后者秀外慧中。前者以姿色作面具，后者以优雅作芯片。所以前者人见人爱，忍不住就近而亵之，一不小心诱发花痴。后者肃然起敬、驻足远观、君子自重。魅力与美丽，就是《灵与肉》，仿佛河与岸之间，实乃云与泥距离。张培就是这样的魅力女人！

我有一癖：在家不看电视、车上爱听电台。对于张培，我是在驾驶途中熟悉她的声音：珍重、优雅、温婉。

第一次发掘到张培，非常偶然，时间与内容早已烟飞云散，只留下当时的惊叹：哦？谁？渐渐地我在“星期广播音乐会”中，常常能听到她的领衔报幕，用嗓子发音，以胸腔共鸣，靠真诚说话，有文艺腔、文学味，无文化调。

后来我在一瞥中看到张培，那是电视转播，远镜头：身材颀长，近镜头：嘴角抿，其他的装饰我都忘了，至今我只记得她的嘴角：抿，从中我窥秘到她的内心深处：矜持，秀外慧中！在“飞扬跋扈我为谁”的虎妈时代里，在“安能辨我是雌雄”的虎妞时代里，矜持是稀缺品质。

当时我想，凭借外表，她应该上电视台，去电视台顺理成章，因为她是首届“金话筒”得主。今天在悼念她的文章中，知道是她谢绝转行邀请，宁愿默默地在话筒的后面，用声音塑造自我，这就是矜持。

今天晚上，电台播放“我们的阿培”，也许为了彰显张培的谦逊与平易近人，一位主持人脱口而出：“张培这样的大明星”，将“大明星”戴在张培的头上，实在是亵渎，就好比夸奖某女人长得嫩相：“长得像小姐”，那是骂人！在今天的语境里，小姐与明星这些称呼，已经霉变而馊。主持人明星化，就是用鼻音而不用嗓音，卡着说话，音域变窄，越来越台湾腔、民国腔：“国——军——固——若——金——汤——”，拖泥带水慢三拍，好像弱不禁风，嗲得来让人发风疹块，企图让你怜香惜玉。忍不住讨饶：“阿姐，侬勿要吓我哦！

阿拉有早搏。”酒友们归之为“老女人发嗲，老百姓急煞，老头浜吓煞”。这就是港台化的星味，散发出的腥味。什么叫港台式明星？靠婚外情出彩，靠绯闻出名。胸领越低，收视率越高；裙子越短，回头率越高。不怕不要脸，就怕没人看，肉麻当有趣。从老头不看，到少儿不宜。

张培没有星味，不沾腥味，领口围一束斑点丝巾，端庄、优雅，悄然而立，在水一方，与嘴角抿的矜持一脉相承。

我的那些满嘴切口、“根”得厉害的草根朋友，酒桌上偶尔谈起带腥味的主持人，均不屑而蔑称：“迭只女人。”昨天他们居然谈起张培的死讯，不是“迭只女人”，而是一板一眼的全称：“电台的张培。”不是说“死了”，而是说“走了”，弦外之音，不胜惋惜。让一个局外人敬重，不仅是业务，还有人品。让一群“大碗酒、大块肉”的草根们关注，可见张培的大家闺秀气质，不愧为上海的名片。

张培与我，素昧平生，惊悉她病逝的消息，忍不住拿起笔来，有感于“穿戴小姐化、小姐社会化”的氛围中，她是一棵水杉，亭亭玉立，展现出女人的优雅，成为敬仰。我会托电台的朋友，“请”一幅照片，就是那幅系碎花围巾的照片，欢眉大眼的她，抿着嘴角，矜持就是约束，就是“有所为、有所不为”，就是为人处世须有底线。将她供奉在女儿的衣橱里，每每装扮时，有榜样做参照物。还有她的广播录音，夜深人静，密室独处，听她用心说话，坦诚第一，这是我为女儿收集的淑女影像资料。

淑女是看得见、摸得着的，比如张培。

对好人最有价值的怀念，就是将她美好的一面告知后人，薪火传承，使之永垂不朽。

今天我们不仅缺乏榜样，更是缺乏传承！

记忆里的上海女人

女儿在浦东一所双语学校读书，学校很西化，只过圣诞节，不过中国节。更仪式化，十周岁要搞集体庆典，庆典那天，舞台上妈妈们居然“轧一脚”。先一位领衔的预热暖场，站在四下黑的一束聚光灯下，捧着大大的文件册：读诗歌，充其量排比句！然后引领出一群同样浓艳妆饰的妈妈，统一的束腰下撑开如蓬、如伞、如莲花的拖地舞裙，一泻到底的丝绒。鬓角一侧，一朵红花，艳艳的，大而欲坠，遮掩了半个脸。还有一群爸爸，穿着黑色燕尾服，企鹅伴肥婆，一对对，搭着肩、搂着腰，荡起来，一圈圈，旋过舞台，滑出垂幕。这些妈妈，见面都说普通话，掺杂外国话，没有上海话，不说家乡话。曾经的金领，现在的全职太太，不、不、不是家庭妇女，是知识女性，因为有大学文凭、有留学背景、有文艺情结，还有些小资矫情，有些拽，不喝中国茶，只喝下午茶 —— 中国劣等茶，到西洋变成袋泡茶，回到中国五星级宾馆大堂，伴一碟奶油香的点心，这就叫下午茶，也叫糨糊茶，又叫江湖茶。轻轻端起，抿一抿，轻轻放下，跷起兰花指，说着普通话，这叫腔调，据说上海哆。

这是上海女人吗？如此做作、招摇、高调。

上海女人的特点，按逻辑序列，因为矜持，所以低调。

小时候我住的地方，隔壁楼里，有不少裹小脚的山东老太，走起路来，脚跟着地“咚咚咚”，撅着屁股瘪着嘴，拉着宁波老太的袖子：“阿娘，你侬晓得吗？”“你”是北方话，“侬”是上海话，重叠着，就是箍着上海口音外形的山东腔，“喔刚把侬（沪语：我讲给你）听”，说明混迹上海有些年头的老上海啦，都是旧上海旧警察家属。晚上会听到夫妻吵架，女的歇斯底里，戳着手叉着腰，“妈了个×，放了个屁，你把那个骚蹄子叫出来”，好像是说给楼上听的。男的要脸面，赶紧关窗户，不敢吱声。懂事了才知道，那是男的出轨了，破鞋就在楼上住，因为是机关楼 —— 左邻右舍都是一个单位的。北方女真泼辣！先是闹，后是叫，最后一招是上吊，一环扣一环，逼得有些身份的男人不敢有下一回。

倘若是上海女人，绝不会闹，而是绵里藏针。这是个真人真事。女的出差，因为天气，航班取消，只能回家，房门反锁，敲了老半天，男的总算开了条门缝，穿着睡衣，一脸惊讶。不得不让进门，做妻子的看到床单凌乱，什么都明白了，明白贼货只能躲在窗帘后的晒台门外，抱着双臂瑟瑟打抖。做妻子的一声不响，慢吞吞地叠被子理被单，再从衣橱里拿出自己的东西，还是慢吞吞地叠，慢慢地理，一件一件，忽然想起鲁迅的描写："我家的后院，一棵是枣树，另有一棵还是枣树。"极有耐心。晒台上的忍不住打喷嚏了，即便聋子也听到了，即便傻子也明白了，到了此时，做妻子依旧不点穿，提着箱子走了，给男人面子，也给自己面子，免去长舌妇的谈资。过了些日子，协议离婚，然后出国。不吵不闹，这就是上海女人。

上海女人就是阿庆嫂，玩的是智斗，是《于无声处听惊雷》。直到今天，她不会说他半个坏，根本就不会提到他，因为不值得一提，以沉默表示鄙视，以沉默表示涵养，这就是上海女人。打老婆不算男人，骂老公不算女人，这就是上海人的夫妻之道。

因为影视剧的歪曲，因为导演都不是上海人，结果锻造出全国人民的偏见：上海女人就是花枝招展，锦缎旗袍是上海女人的虎纹豹皮"条形码"，如此装束的女人，是《日出》里的陈白露，是交际花，是会乐里的书寓号称卖艺不卖身"先生"，也就是常在河边走，保证不湿鞋，说给鬼听的"句话"（沪语发音：鬼话）。一旦出票叫局，鬓插大红花，衣裳缀满花，招摇过市，小报编辑大字标题："艳帜高举"，这是堂子里的鸡。

上海女人，是弄堂里的，不是堂子里的，大部分出石库门、入厂门口，扇煤炉、吃泡饭，是灶下婢，忙得来恨不能掮起两只脚，当一双手使唤，哪来闲工夫发嗲？发嗲是闲情逸致，偶尔为之。生活中她们的旗袍不可能绸缎的、缀花的，只是布的、灰的，便于出行的。

因为石库门、纺织厂的生活背景，上海女人只有淡妆，弄堂里走出一位花枝招展浓艳妆的女人，整个弄堂都会侧目以待，一定会怀疑半开门的《亭子间嫂嫂》，怎么待得下去？充其量礼拜天，斜襟上别朵小花，近腋处系条手帕，就算了不起的点缀了。上海女人的打扮，讲究"清爽相"，哪怕有补丁，干净了也是漂亮的。"不过分"是装扮第一要义，这也是矜持。

今天富庶了，上海女人会打扮，但不妖艳，狐狸精在上海女人的美学词典里始终是贬义词。恰如其分、独出心裁，不经意间的小点缀，以显示上海女人的传统：低调、矜持。小车里有一双软底鞋，便于开车。太阳下撑黑伞的是外地女人，撑花伞的是上海女人；下雨天穿皮鞋的是金融女，穿绿色雨鞋的是上海女；穿衬衫露出事业线的是外国女人，露出白皙长颈的是上海女人。交际场合，面对外地同事说普通话，看到上海人说上海话。看到中国人，说英国话的，是陆家嘴的大楼女人，但不是上海女人。上海女人就是恰如其分，无论待人还是接物，不温不火，从容不迫，无形间弥漫着距离，透露出矜持。

什么叫矜持？三十年前的老话解释：就是搭架子，过分了就是豆腐架子。上海人称孩子他妈，既不是老婆，嫌粗俗，也不是夫人，嫌做作，而是“家主婆”，一语道出上海女人的矜持。

虹桥是枢纽，上有飞机，下有地铁，中有高铁；长有省际大巴，短有出租小车，这里是上海在全国人民第一眼的门面。无论是高铁站，还是候机楼，无论是1号航站楼，还是2号航站楼，都开设上海特产商店，里面，除了大白兔糖，其他呢，比如品粽、臻粽，还有许多品牌，对我这个生于斯长于斯的上海人，闻所未闻，陌生得来不认识，过去没见过，现在也未尝过，一句话：不知道，怎么就成为上海特产、被冠以知名品牌？这是上海的曾经吗？就好比说着普通话的发嗲女人，是上海女人吗？戴着花、穿着缀满花的绸缎旗袍，是良家妇女吗？

记忆里的上海，被篡改了、被歪曲了，从上海特产，到上海女人，是影视里的，不是弄堂里的。

十二点是极限，过了就是“十三点”——就是过分了。好比干部服的上口袋，别一支笔的是大学生，别两支笔的是博士，别三支笔的，是邮局门口代人写信的，握着一把笔的，英雄金笔厂的跑街先生。阿哥，侬属于有空哦！

上海女人的细节密码

相比男人，在上海的女人越来越国际化。很少去老城隍庙，更喜欢去法租界，比如思南路，坐在街沿露天吧，台布绿色的，围栏木栅的，一杯咖啡，两块曲奇，三五闺蜜，瞎七搭八。开口国语，难免英语，更时髦的，说法语了，以示高雅、小众、稀缺，企图超凡脱俗，立志摆脱大众。

上海越来越小资化。

什么叫小资？“一份工作、四季衣裳、八面玲珑、十二分焦虑”。脱离大众、特立独行是她们的行为特点。大家看电影了，人家看话剧了；大家讲英语了，人家学法语了；大家在家过阴历年，人家去香港过圣诞节；大家去纽约逛时代广场了，人家去大都会看展览了；大家去欧洲了，人家去非洲了；大家有条件住星级宾馆了，人家住民宿了；大家用筷子吃饭，人家用刀叉吃西餐了；大家用刀叉锯牛排了，人家改吃阿娘黄鱼面了；大家喝早茶了，人家喝下午茶了。

“什么是温柔？嗲呗！什么是幽默？贫呗！什么是艺术？脱呗！什么是仗义？傻呗！什么是小资？装呗！比如草庵里弹古筝，书房里穿尼袜，这叫‘蹲在象牙塔里装逼’！”行笔至此，想起一则农民段子：“我们刚吃上肉，他们吃菜了；我们刚进城了，他们下乡了；我们刚学会用手纸擦屁股，他们开始用手纸擦嘴巴了。”总之，立异为高，与众不同，保定话：有点儿“轴”；北京话：有点儿“拧”；上海话：浮腔！借用“反右”时期张奚若的一句评价：“鄙视既往，迷信未来。”

上海是国际大都市，吸引了四面八方的移居客，就比例而言，追求浮华的小资越来越多，讲究经济实惠的上海女人越来越少；会说外语的女人越来越多，会说上海话的女人越来越少。在上海，尤其咖啡店，越来越多的女人，会普通话、外国话，不会上海话。小资是知识的产物，是西洋的产物，不是上海的产物，上海女人是阿庆嫂，讲究经济实惠，但数量决定质量，上海女人的成分被庞大的小资数量稀释，于是本地特色被异化了，在全国人民眼里，上海女人被简略为一个字：“嗲”，压下秤砣，翘起另一端的“作”。嗲与作，一根线上的两个蚂蚱，上海女人被严重歪曲了。

其实，原汁原味的上海女人，不是《红楼梦》里的女人，也不是琼瑶笔下的女人，更不是张爱玲笔下的女人。上海是个工业城市、经济城市，生活成本高，夫妻双职工才能撑起一个家庭的体面，所以，上海女人绝大部分既是工人、店员、职员等工薪阶层的“家主婆”，自己又往往是劳动人民的一员，“勤快会做”是基本面。早饭是泡饭，急急忙忙开水泡软隔夜留的干饭，饭勺揿散结块的饭团，“豁落豁落”，三口两口下肚，然后上班。下班后急急忙忙赶回家，淘米汏菜。上海女人的绰号：马大嫂（谐音：买、汏、烧）。

上海女人会“做”不会“作”，她们的口头禅：“恨不得两只脚掮在肩上”当手派用场，尤其星期天，这句口头禅使用频率更高。做孩子的知道，大人忙的时候，小孩识相点，否则“竹笋烤肉”。被子自己“绗”的，衣服自己洗的，西裤自己熨的，从里到外都是自己做的。家，不是按揭买来的，像鸟儿衔草筑巢，是一天天做出来的。上海女人，来不及“做”，哪有空“作”。“会做㖏”是评价新娘子的首选标准，“好看㖏”是评价姨太太的。上海女人有句励志的口头禅：“好看又不能当饭吃。”即便姨太太，也要烧得一手好小菜，有客来访，拿得出手。大太太会生小囡，姨太太会烧小菜，不过姨太太往往不是上海籍的女人。

杨绛在上海教会学校读完中小学，然后去清华，毕业后陪着夫君再到英国留学，回国后，落户上海，的的括括的上海女人，既是缙绅人家子女，也是大学教授的夫人。抗战时期，保姆辞工回乡了，为了“做人家”（沪语：节省），甘做灶下婢：劈柴生火烧饭洗衣，“行有余力，则以‘写’文”，闲下来了，才写作、翻译，写可以上演的话剧剧本。钱钟书的《围城》就是在杨绛生煤炉的环境中写成的，属于烟熏货。杨绛的文章活泼不促狭，她是上海女人：上得厅堂、下得厨房。张爱玲是李鸿章的后裔，因家世没落而精神堕落，因处境不佳而怨恨，下笔促狭，看看她怎样描黑一母同胞的弟弟。再拮据也不事劳作，也就是说：不会做！只会“作”，纯粹一“作”家。张爱玲是上海的一员，但不是上海女人的代表。除了文章，一无是处。

如果我是贺友直，画一组上海女人生活画，画面这样处理：在外，山青水绿；在家，腰系围单，长袖挽起。一手抱小囡、一手拎煤炉，站着抱孩子，蹲着生煤炉。揩布不离手，命令不离口：“抬脚！”因为地有落屑。最后一页只剩下文字一行：里里外外一把手，穷人女人早当家。

过去上海女人最高评价：阿庆嫂！现在的女人，不雇钟点工的叫“劳”婆，雇佣钟点工的叫兼职太太，雇佣住家保姆的叫全职太太，是嫁得好的榜样。升格为“搪瓷七厂厂长” —— 荡在家里、住在家里、吃在家里。瓷与住、七与吃，在上海话里，发同一个音。懒女人就是享福人！昏过去。

过去，知识女性像劳动人民：鄙视坐而论道，讲究“起而行”。现在“劳”婆更像知识分子：四肢不勤、五谷不分，不做搪瓷碗，不怕敲摔；要当描花瓶，仅供瞻仰。过去学知识使人明理，现在有知识使人懒惰。

二十年前，上海开始去工业化，上海籍女人做白领的多，但白领不代表上海女人，好比我的爸爸是男人，但男人未必都是我爸爸。

金白领女性为何多

说到白领，总是胸揣一叠文件夹、青春倩女的形象，使人有种《粉红色的回忆》。

当然，说“白领先生”也没错，但总有些拗口，有些抠字眼的书生气，白领就是公司高学历的女性。

如今，你去上海高档的休闲场所，如保龄球馆、网球场，价格不菲，更多的是年轻女性，她们在这里是健身，但更多的是展现姿势，表现一种生活情调，最让男人泄气的是她们自己买单，这需要实力。上海有一大批主管级白领小姐，我称之为金白领。所以上海有女性健美休闲类会员场所，专对年轻男性的高档俱乐部则没有，因为缺乏这一高收入人群支撑这一市场。公司高级白领女性远多于男性，所以男人往往光顾很便宜的发廊，派头大些的，请个外来妹敲敲背而已，也算休闲吧。

高收入的金白领小姐层的出现，与上海城市功能变化息息相关。

上海已从传统的工业城市转向金融、贸易型，工种也由力量型、技术型转向知识型、服务型。在传统的游牧、农业、工业社会进化中，需要体力、勇气、智慧，男人因此吃香了几千年。如今上海以知识型服务型为主，尤其境外机构在沪的代理机构，它的技术开发、市场拓展均由海外母公司办理，生产基地往往在外省或东南亚，上海只是一个照葫芦画瓢的机构，它的雇员要求很简单：会说外语的中国人办具体事，所以招聘启示：外语是第一要求，这项目女大学生最擅长。它的工作业绩：无过便是功，只求仔细认真照办，无须任何创造，这很适合知识女性，不适合智力男性。计算机革命使一切技能程序化，程序化就是傻瓜化，办公自动化是对女性的迎合。再说女性安分守己，比男人更听话、更赏心悦目、更怡人娱情，再加上港台贸易公司成分高，大量的女大学生自然更受欢迎。

这场城市功能转型，男人最尴尬，一部分优秀男人凭智力与勇气投身实业，这需要漫长的积累开创过程，所谓“男人二十是期货，三十是坯货，四十才是抢手货”，到四十才看出少数精英的峥嵘业绩；大量有学历的青年男子经商缺乏

“闯王”的魄力，打工又不肯冲到外地的工业基地从头干起，发挥男人的体力、技能的特长，只能窝在不以智力而以外语知识与细心决胜负的上海公司里，而知识是大学可以大量拷贝的产物，女大学生比例又开始高于男性，在上海，三十岁以下的知识女性比同龄知识男性更优秀，那是顺理成章的事。

计算机的程序代替技能，无需体力，男人的天赋特长成了隔夜饭，我的一位在报社当主任的项姓朋友很悲哀地预测：优秀男青年今后可能是观赏动物，如拳击赛、健美表演，以捍卫男人与生俱来的特长 —— 力量型。现在有至少一家连锁性的娱乐场所，专门高薪聘用英俊男伺生，女性作为欣赏者。欣赏主体已悄悄变了，那里唐高宗换了武则天。

我为女性骄傲，更为男人悲哀，兄弟们！属于我们的好时光不多了。

残酷的旗袍

旗袍，可能是上海都市里最抢眼的亮点，但它已经不再作为旧时代全体女同胞的中山装，而是新潮摩登化女性推陈出新的时装；不是任何时段的女性可以承袭的，而是仅仅局限于尚未发福的妙龄阶段；不是任何不胖的女身，而须具备山水韵律的身材；不是扬长避短的婚纱裙，而是水绸紧身的弹力体操服，是显影药水，很残酷无情地将女人的缺点显露出来，使你不敢站在衣橱落地镜前顾盼自怜，从而自动弃权加盟旗袍族，剩下的赢家仅仅“一小撮”，这“一小撮”一生中也只有这二三年，于是穿着旗袍上街，腋掖小巧柔软镶珠链包的女人，自然就成为被人围观的珍稀物种。

旗袍，大概是最狭隘的时装，是缺点的放大镜。胖些，没有腰身的直筒炮楼；瘦些，单调得失去风韵；薄了，太挑逗；厚了，一包酒浸棉花；人矮了，一截木桩案板；腿短些，显出腰眼的下坠感。甚至脖子也要比平常人更长，要有些跳国标的舞女长脖子，因为旗袍是立领，不能塌下翻开，常人的脖子就有些淹没了。唯其颀长，才显出格格身份的贵族味。

常看电视节目《相约星期六》，看现代人的相亲，人类最私密的情感也可以公开晾出表演，这叫内衣外穿，“侬懂伐？朋友不懂经！”曾见一白领“脂人”，穿一身浅色缀花的旗袍，翘起一撮小嘴，感觉极好地坐着，胸前一案掩挡，我看了第一眼就断定，她不敢站起来，否则优点就会变为缺点。自从在电视剧《雷雨》中看到王姬穿的旗袍，那种妩媚典雅让你如此奇想：谁再穿旗袍，就是暴殄天物。

陈逸飞笔下艳丽欲滴的吹箫女，就是一群穿彩绸滚边幅的旗袍女，映红了西半球，又羡煞上海白领女性。但至今悬于壁上如供器，不敢走下来，走到大街上、走入生活里，因为旗袍对它的模特儿太苛刻了，人们赋予它的想象太美好了，几乎成了曹植笔下洛神女，美丽得暗恋都有些胆怯。那是一只英国皇室的花瓷茶具，精美得不敢稍有缺口，只能隔着玻璃欣赏。

旗袍，的确是一种国粹。国粹这个词因袭旗袍，摇身一抖，拂去了五四以来抹上的恶谥暗色，焕发出原有的褒义亮泽。能够穿上旗袍而展现出它娟人婀娜韵律的女人，实在太少了。所以旗袍一直无法流行。但我真怕它流行，像当年的踏脚裤，毁了。

旗袍，应该有些矜持，它不是睡衣，不能那么随意。

艳名嫩娘

上海的金粉白领，往往有四个名字，一个是乳名，一个是本名，一个是公司里的洋名，最后一个是网上谈心用的笔名，其实就是假名，假名最艳、最粉。

晚上上网聊天，媚媚（妹妹）们的假名特别艳，几可当美学案例，洋溢着女性对美好的憧憬。在交友群里，有天旋地转的震撼力，有昏倒在石榴裙下的号召力，我不看，因为太美，美得使你不敢直面正视，似乎怀揣负罪感，也太假，假得有些卖油郎独占花魁的戏剧味。

在公司里，主要是外资公司，黑头发的汉民族都有一个金花色的洋名，我的英语水平唯一可以沾沾自喜的，就是读顺26个字母，深信自己只能是个民族主义者了，国际主义是做不成了，充其量欧洲十日游的旁观者而已。最怕听外资企业的电话，总机小姐也是一溜英语，在我是一串古寺老僧的念经，偶尔蹦出个宗教神话里的名字，听懂了，但不敢断定是活人还是死人，其余的，则“I don't know”。

上海的金粉白领有两大嗜好，一是泡吧，二是取洋名，但洋名总是英美式的，因为英美最发达，连法式都不入流，俄国式的娜塔莎更是上一代的老菜皮了。日本也发达，不公平日本人有点像乡下人，美国电影《珍珠港》里的海军将军甚至就是菜农，木讷、严谨、古板，还有专横，尤其压迫老婆，上海女人最最痛恨。再说日本名字太自然主义，太环保太陈旧不前卫了。川岛芳子，像是海岛女儿；渡边又像十六铺大佬子，山田肯定是种水稻的，一点也不浪漫，从复旦毕业的金粉白领，有句口号：“到日本留学不算出国。”日本人的名字，上海女人是万万不借光的，哪怕是日资企业。

乳名是幼时的符号，比较随意，小芳小萍囡囡妹妹，亲切而不艳丽，网上假名常见“嫣红、莺姣、媚狐”，艳丽而不亲切。那是父母的祈望。

认识一位外资经理，苏懿，认识一位编辑朱蕊，认识两位教师：钱漪、黄怡，一看就是芳名，艳而不俗。也见过“周漪萱、辛之媚”，很见学问，或有出典，但是暗典，不妨从字面上看出美好、娟秀、娴淑、富义，从不坠陈腐气，这样的好名儿不多见，就像有智慧又有学问、不迂腐的老先生不多见一样。

最怕取名太嫩，永远长不大。有次在一个会议休息时间里，听人娇滴滴喊“娟娟”，应答者近似老妪，实在是对青春的亵渎；有的叫“欢欢”“小妹”，与娟娟一样，误将乳名当本名，太嫩，嫩得像发芽豆，一掐一泡水，是讽刺。就像某徐娘犹自扮少儿，人称“嫩娘”，真是急煞老百姓。

女人花名册，可作鲜花坊审读；女人的声音柔情似水，全当小夜曲听，尤其公司女性的电话，缺点太嗲，一缕旧时播音员的拖腔：“国军故若金汤。”读名听音，至此悬崖勒马“观止焉”，不可存有一睹洛神之贪婪，审美要有节制，要有距离，浅尝辄止在此是褒义词，也是一种技巧。幻想总比失望好！

上海的灵魂人物

《上海，冒险家的乐园》，一本薄薄的小册子，四十多年前，那是我看的第一部有关旧上海的书，从此以后，总以为冒险是成功的捷径，就有了现在彩民的心态，总以为可以一夜暴富，总以为渴望“万一成功了呢”，“可能孕育着必然”就成了我的逻辑。以后断断续续看了不少上海往事。先是文学类的，比如《子夜》，后来是杜撰类的，比如杜月笙、黄金荣、张啸林道听途说的编著类传记，再后是文史资料里的当事人回忆。等到不惑之年，开始读史纲类的、资料类的。隐隐约约我有个感觉，上海史在老百姓眼里是片面的：男人眼里，上海是流氓世界；女人眼里，上海是风花雪月；到了学者笔下，上海多是市政工程。若要还原旧上海热气腾腾的市民生活，最好在近代小说里找，比如《亭子间嫂嫂》《海上花列传》，前者是半开门的暗娼，后者是长三堂子的小姐妹，好像上海滩就是会乐里，只有卖肉、卖粉、卖拳头的黑道生意。但是教科书告诉我们：旧上海是金融中心、外贸中心、工业中心，主流是银行、钱庄、工厂、货栈，可惜在有关旧上海的通俗读物里，多是黑上海、嗲上海，与真实上海的黑白比例严重不符。

欣喜地收到了徐鸣的赠书：《荣宗敬传》。荣宗敬何许人也？中国棉纺业、面粉业巨擘，扒脚横跨两个行业的龙头老大，双臂擎天，属于“双‘王’蛋”人物，上海人王黄不分。他是上海人的标本，应该大写特写，却少有他的单人传记，徐鸣拾遗补缺，填补了空白。

旧中国再落后，人口却是世界第一，离不开吃饭穿衣，所以当时面粉业、棉纺业是支柱工业，棉纺业的比重更大。1920年全国的纺织业从业人员占产业工人64.2%，大部分聚集在上海，当时上海有个特殊现象：几乎所有的企业大佬，都涉足此业，仿佛不干棉纺业就成不了大老板。就像这十年间，不开发房地产，就“大”（沪音：杜）不出来。但面向大众通俗类出版物中，一直没有这个行业的人物介绍，如此缺失，是上海精神的缺失，让上海人失去了榜样，只剩下黄金荣、亭子间嫂嫂之类下三滥，或者张爱玲这样充满没落情绪的小资“作”家

——粥天粥地（沪语：粥读作），上海人还能学到些什么呢?

徐鸣笔下的荣家企业，收笔于1932年荣宗敬中风谢世，此前都是不断开拓的创业史，荣宗敬不仅是领航者，更是开拓者，徐鸣抓住荣宗敬“胆识”写，写出了上一代上海人的精神。

荣宗敬少年在钱庄学徒，然后与父亲、弟弟创办钱庄，所以他办厂，不是靠经济的资本积累开厂，而是借金融之力开厂。成功一爿厂，押出去一爿，借钱开一爿，搞成功了再押出去，再借钱开一爿，放开手段，肆意纵横。如此循环往复滚雪球，迅速做大，结果一身债务，有“空心大萝卜”之称，吓得钱庄银行不敢借钱。他就投资银行，这样可以借到比股本更多的钱，等于押款筹钱，再去收购倒闭的企厂。他的逻辑，收购破产的厂，比筹建一爿厂节约时间，可以马上投产。再则，破产的厂，成本更低，从中显现出他的识。

荣宗敬先在无锡办茂新面粉厂，产量大了，面粉袋需求量大了，他发现了商机，开一爿做面粉袋的振兴纱厂，结果纱厂越开越多，成了主业，再投资面庄收购站，企图垄断上游资源 —— 棉花。这就是早期闯码头的上海人，有胆有识。倘若只有胆，就可能堕落为帮人讨债的打桩码子，俗称“背大刀的”；只有识，只配做账房先生。胆识兼备，那就是做大老板的命。再加一炮打响，这就是运，不想做也难。

《荣宗敬传》很好看，传记的影响力在于传主的影响力。荣宗敬是旧中国工商界的头一份，连毛泽东都评价：“我国民族资本家的首户主。”徐鸣笔下，荣氏企业不是数字，而是故事，但与文学不同，没有杜撰，“笔笔有来历”，出典于史料，焕发出“真实”的震撼力。还有，传主荣宗敬胆忒大，所以他的创业史也跌宕起伏，他的故事也就一波三折，书，自然就精彩。好比烹饪，原料要好，味道就好。《荣宗敬传》就好比三年老鸭，每天走地游水，属于海军陆战队，炖一锅满屋香。

看完《荣宗敬传》，钦佩之余，忽然发现，单单旗下的申新九个厂，就有四万多工人，还不包括他的福兴、茂兴的连锁企业，四万个员工，就是四万个家庭，当时三代同堂的多，也就是说，单单申新企业的家属，起码十多万，1937年上海人口300万，申新厂占了5%，再加上他的连锁面粉厂。在这里，我只想证明：上海是一个产业城市，男的不都是流氓，女的不都是小姐。

像荣宗敬这样的工业巨头上海滩还有不少，他们是以“闯码头”闻名于世的上海人精神的代表，他们是标杆，过去很少有人写，徐鸣写了。据说徐正在研究下一个纺织业大亨——穆藕初。倘若有更多的人写更多的上海标杆人物，比如上海商业储蓄银行的陈光甫，对新上海人是很好的励志教材。

《穆藕初传》何时出来？鹄立以待！

上海男人的密码

今年的六一儿童节，一则视频刷爆上海人的微信圈：一个上海爷叔，花衬衫敞怀，不系前襟，不穿背心，等于赤膊，用上海方言唱着《上海童年》，嗓子有些沙哑，上海人称此音色为“破砂锅”，如同打桩模子卖退票，歌谣的内容都是陈芝麻烂谷子，平铺直叙，面面俱到，扫描一般。絮絮叨叨，歌词浅白俚俗，既不优雅，也不文学；弦也弹得松松垮垮，既无起伏，也不悠扬，一副睏不醒的惺忪眼神，但句句落在老上海人的心坎上，有些酸楚，如一点醋滴在眼睛里，场下的上海人为他击掌为他流泪。三十年前的上海人，其实很市井，早饭就是咸菜泡饭，偶尔大饼油条，既是早餐，也算点心，简称“早点”，早饭的升级版，有点奢侈了，仅次于“开荤”：“阿哥，今早侬上去了。”实实惠惠，尤其男人，笑点很低，要求更低。

其实，真的，生活里的上海男人很随意，出门在外，天冷夹克衫，天热体恤衫。上超市，夹仔双拖鞋爿；坐弄堂口，上身“老头衫”，或曰“和尚领”；蹲在屋里厢嘛，背心；女儿不在家，赤膊。生活中的上海男人，新世纪后就不穿西装了，即便婚礼上，穿西装也仅限“三种人”：不是新官人，就是证婚人，还有沾亲带故的外地人。哪怕落坐主座，也是便装，而不是西装。说得再狠些，追悼会上也不穿黑西装。上海人眼里，西装是一种特别刺眼的符号，如同救火车的火红色。在上海的大街小巷，西装、领带、皮鞋系列配套的男人，说普通话，那是房产中介，说家乡话，那是出差的。倘若穿西装、说上海话，那就是去大酒店与外国人签合同。反正上海男人穿西装属于不正常，一出门，就会引起左邻右舍大惊小怪：“做新郎官啊？”这是搓搓侬。西装是生活里的戏装、是道具，很庄重、很仪式，用上海话形容：西装笔挺戆棺材！如同坟墓里爬出来的老古董。

在上海，讲究的男人，四十多岁，处级干部，小领头、小格子的衬衫，下摆掖在笔挺的西裤里，肚子微微隆起，有身份了，要注意形象，比如着装。

茶馆里、咖啡店里，临走付账最能看出上海人的细节密码。如果中年男女，女的买单，那是夫妻，因为在上海，女人才是捏钱袋的；如果男人买单，只有两种可能：不是轧姘头，就是谈朋友，属于开销模子。上海男人的口袋，婚前放铜钿，婚后放草纸！因为公共厕所有个特征：有坑位无手纸，所以出门在外，口袋必须有手纸，否则“蹲得下去，站不起来”，上海是国际大都市，一笑就是国际玩笑，开不得！没有偏财的上海男人，兜里除了门禁卡、地铁卡，还有些零花钱，“瘪瘪挺”之谓也。会办事的老板，薪水分双卡：一张卡是工资，老婆的，养家的；一张卡是奖金，老公的，私房钿。所以夫妻外出，一马当先的自然是娘子。

老克勒其实是上海小资们炒出来的，西装革履，吊带领带，这番装束，只限于洋行里的写字间职员，还有落弹房里、西餐馆里的托盘服务生，人称“洋装瘪三”，永远是一小撮，万分之一都不到，人称西崽。大多数的上海男人很中式，旧上海，钱庄里的东家、掌柜、跑街，不分贵贱，社会上的各行各业，如南京路上的四大百货公司、沿街商铺、弄堂口烟纸店，柜面职员一式灰布长衫。上海男人很本色，至今喜欢在茶馆里、澡堂里、饭店里谈天说地、托人办事。一群上海人，哪怕是海归，都说一口上海话，哪怕暴粗话，也是方言：“册那”。

称呼里暗藏上海密码，老伯伯是辈分尊称，大伯伯才是血缘敬称；阿哥是非血缘尊称，大阿哥是血缘关系；老阿姐是客气，大阿姐是家里排行。凡嵌有大小数码的，都是血缘性的。至于陌生人相见，尊称“师傅”，上海人看重手艺，职业俚称饭碗，有手艺的饭碗，不仅镀金，而且铁铸。教你手艺的是师傅，是再生父母。老上海人，手艺比文凭金贵，师傅比老师吃香。上个世纪，八级钳工工资高于工程师，不亚于副教授。师傅是敬称，路上问个路，抽烟接个火，“师傅”是卷首语。现在，上海已非工业城市，工匠手艺陨落了，见面称呼也变了，“大伟老师”，小名是亲切，职称是敬重，亲情有了，感觉也有了，小名+职称，是上海人新世纪的称呼。

会说普通话、外国话，见了上海人，只说上海话，这叫本色，也叫低调。上海话不是课堂用语，不是官方用语，更不是文学用语，谈不上高雅，因为亲切所以喜欢。上海男人，吃咸菜泡饭，不吃奶油面包，喝茶的多、喝咖啡的少，只听评弹，不听话剧，坚持自己的喜欢，不附庸风雅、随波逐流，这就是上海男人的真诚。以上海老男人杜月笙为例，贵为名流，在中汇银行开张仪式上，一袭长衫、一口本地话，而且大实话：“伲是‘强盗扮书生，蛐蟮修成龙’。”在国际都市的租界里，说本地话、做本色人，这就是上海男人，所以叫模子！楷模的模。

上海丈夫

要想占尽天下便宜，有贴快乐方子：“英国房子、美国票子、中国厨子、巴黎女子、日本妻子、自己儿子。”英国住宅就是别墅，阳光草地鲜花；美元是天下通行；中国美食的味美丰富，相比之下，美国快餐单调得好像是大饼连锁店；法国女人，随便挑一个都是高挑模特儿，丰胸细腰肥臀白肤大眼长睫，随便拣个露天茶座，只要有一捧玫瑰，面前就是一位风花雪月的情人；日本女人出奇地俯首与温柔，武大郎回到家都有莫名的豪迈；自家的儿子呢，再怎么着也是龙种，有一种武运长久的踏实感。

以上只是天堂般的幻想，还是现实点儿：“上海丈夫，山东老婆。”对北方媳妇来说，上海老公不仅不打老婆，而且还像女人一样忙里忙外。往大处说，像个管家，往实处说，就是个仆人。山东老婆为老公活着，上海丈夫为老婆活着。上海男人找女人很单纯，只求单项冠军：漂亮；不得已，老实；再不行，只要是个女人。上海女人找男人不仅要帅哥，而且还要附带多种附加值。“文革”期间求的是“五员大将”：身份党员、职业海员、工资百元、相貌演员、身体要像运动员，简直就是暴发户去中药铺里配补药：当归、参海、海狗鞭…… 乱七八糟，拣好的凑，一个撑不破的百宝箱。倘若缺一，终生谴责，上海男人称之为“扦头皮”。这个“扦”用得妙，形象传神。扦脚的扦，老皮质始而复生，于是不断地扦，终生扦，话题也万变不离其宗：“当年，侬迭只三无产品（无房子、无票子、无位置），正宗ST股跌停板块，还白相‘空手道’（一穷二白）。”

后来富裕了，选婿标准也如猴子爬竿节节高，凑成十项全能：有“十字令”为证：一套房子、二老归天、三十出头、四季名牌、五官端正、六亲不认、七千月薪、八面玲珑、九（酒）烟不沾、十分老实。

上海老公给全国人民的印象：戴一副秀才眼镜，说一口塑料国话，系一条花格围裙，做菜做饭，早上送孩子晚上接孩子，周末不敢睡懒觉，先去菜场讨价还价，然后驮着女儿去学钢琴家教。有个笑话，说一群女人聚在一起，在谈论家里的狗十分聪明，聪明得能接电话，听懂人话，有人不信，一女人马上往家里拨号，狗跳上桌，按下免提键，“汪”，代表“喂”；再问“谁在家”，狗又是“汪”的一声，代表一人，即男主人；“他在干啥？”狗这回变调了，“嗬、嗬、嗬……”直喘气，言男主人正在干活呢。

听说东北男人很潇洒，晚上宴聚洗澡KTV里泡妞，号称“外面彩旗飘飘，家里红旗不倒”。这，上海老公想都不敢想，更谈不上羡慕，羡慕是痛苦之源。上海老公很顾家，一结婚，原先的哥们就算划席子一刀断了。“躲进小楼成一统，管他春夏与秋冬”。每次我参加朋友的婚礼，都像追悼一位先烈离去，很悲壮地在贺礼单上，抄上一句袁了凡规劝董小宛的对联：“以前种种譬如昨日死，以后种种譬如今日生。”一种凤凰涅槃的教诲。

男人结婚是人生的转折句，这使我不得不运用一位伟人的一句名言格式：“失去的只是锁链，获得的将是自由。”大学毕业，失去的只是自由，获得的将是工作；结婚以后，失去的只是朋友，获得的将是奴役。这就叫凡人。几十年前有位很疯狂又很诈唬的女人，捡来一句话，以为是名言：“做人难，做女人难，做名女人更难。”宋丹丹一针见血：做凡人最难。这句话应了上海婚后男人。

在上海，如果你平凡，又娶了一位上海女市民，你应该万分知足了。因为上海，一部分华籍美人纷纷嫁给了美籍华人，漂亮已经减半；另一部分呢，一句新民谣说得好：“好男当老板，好女嫁老板，不三不四不上班，戆男戆女上三班。”平凡男人只能拣剩的：老实。可惜都是“妈妈生我一个好”的绝品。老实？除了父母是表兄妹近亲婚姻的不幸后代。于是只能求其次，只要是女人。因为上海男人绝不找外来妹，那是见人矮三分的无能表现。于是，上海男人找到上海女人为妻，就是一种成就，有得必有失。上海老公婚后系上围裙，降为雇工，老婆倒像大地主的闺女，叉腰，横着呐！

旧时代，女人有三从四德，那是男人的天堂：“回家一壶酒，家务一甩手。”有快板书为证：“想当年/打老婆、骂孩子/锅台上、插红旗/当过英雄”，威风那当年的豪迈，只能作为英雄图腾，供奉在遥远的记忆中。现如今，上海男人也套上了“三从四德（得）”：

太太出门要跟从，太太命令要服从，太太说错要盲从；

太太化妆要等得，太太生日要记得，太太发火要忍得，太太花钱要舍得。

这是胡适博士编的逗乐顺口溜，如今不幸成了上海丈夫的箴言。

那么，那么老婆在干什么呢？“妈妈在楼上看连续剧”，儿子喊道。“是琼瑶的。”儿子补充道。

背心

背心不是背影，而是两爿布，垂帘于前胸后背，紧束于胯上腰间，露出双肩、双臂，是短袖衬衫的简约版。

以前上海市区，黄浦江畔濒临着三个区，由南而北，代表旧上海的三个风俗区域。南市区最南面，老城区，平民化；黄浦区居中，商业区，市民化；杨浦区在苏州河以北，俗称“下只角”，是工业区，贫民化。同样一件背心，黄浦区局限于室内，南市区局限于檐下，到了杨浦区，就搭在肩膀上，散见于室外，路灯下、马路上。好比下雨天去市里开会，黄浦区的穿着皮鞋去，南市区的穿着胶鞋去，杨浦区的穿着拖鞋去。在上海，上下服饰搭配，显示出区域特征，“衣帽取人”，屡试不爽。

我生在杨浦，夏天从早到晚穿着背心，久而久之，背心就深深地烙印在前胸后背，冬天去澡堂里洗澡，什么都脱下了，就是背心的烙印脱不掉、擦不掉、洗不掉、扒不下，活脱脱地大杨浦来的“小赤佬”，野蛮小鬼（读“巨”）！什么叫阶级？就是“烙印”。

夏天的黄昏，邻居们都下班了，于是呼朋引类，欢聚门前的路灯下，浴后八仙桌旁，葱姜螺蛳、盐水毛豆、油焖茭白片，再来一碟白切猪头肉，当然还有清蒸带鱼、葱㸆小黄鱼之类，都是当天下午卖不掉的海鲜，一桌的佐酒小菜，围桌的狐朋狗友。我毕业的时候，私人经济才萌芽，没有企业家，只有个体户，摆水产摊头就是“大户”。桌下脚旁，放上一箱江南牌啤酒，然后一瓶瓶喝，喝高了，套着瓶口朝天吹喇叭，全是背心朋友，比北京的膀爷文明些，率性、开心。天边：红了、灰了、暗了，最终没了。路灯却越来越亮了。白天白讲，夜里瞎讲，一天的耳闻目见，在此晒谷子了，小道新闻粉墨登场。此时“谈朋友”的伙伴回来，必须回到家“卸妆”——脱下外罩，换上背心，才能入座。倘若穿着衬衫入席，当心一桌人“搓”侬：“朋友，侬最好再头上吹吹风，腋下喷喷花露水”，小黑皮装秀气，有空呃！

“高尚是高尚者的墓志铭，卑鄙是卑鄙者的通行证”，背心是我们这一伙的入席通行证，斯文在这里是没有座位的。

但是市中心的电影院，门口有告示：“衣冠不整，谢绝入内。”衣冠不整，就是针对背心朋友，就是针对下只角的我们，参加“肉食者谋之”的会议，不得不背心外面套件衬衫，强盗扮书生。

什么叫文明？男人越穿越多。什么叫时髦？女人越穿越少。如今，男人做加法，女人做减法。三伏天里，男人穿西装，女人穿背心，“衣冠不整”仅限于男人，女人是豁免的。改革开放后，西风压倒东风，女人压倒男人。今天的大街上，穿背心的一定是女人，倘若换做男人，巡警就会一路跑过来，立定，向侬举手敬礼了，好比交警向司机举手敬礼，这是不祥预兆。这个预感源于经验。晚上我在小区里散步，倘若穿背心，保安依然敬礼，却疑惑地注视着你，违规尚未撤离的装修民工？最经济、最简便、最直观的阶层识别，衣帽取人。

三十多年前，我还是中小学生，跟着隔壁大哥哥们，晚饭后，聚在楼下窗前的空地上，躺在并拢的长条凳上，仰天挺举杠铃，两端的铁挂圈，一个一个加码，希望练出两块胸肌如乌龟背，然后穿件弹力背心凸显出泥塑感，走在大马路上，嘚瑟！还有歌词：“为来为去一碗阳春面，脱光仔裤子衣裳练身体，南京路上撑世面，淮海路上竖蜻蜓。”如今为了减肥，许多中年发福的男人，喜欢衬衫里面穿弹力背心，收身塑形！我讨厌，因为紧绷绷的，就像时刻被绑架着。过去凸胸肌，现在凸牛腩，一肚皮的不合时宜与牢骚，都是富裕惹的祸。

三伏天我不喜欢孵空调，宁愿穿着背心，坐在弄堂里，享受穿堂风，有时很文化，背诵名人名言：“比大地宽阔的是大海，比大海宽阔的是天空，比天空宽阔的是胸膛……”撩起背心，露出胸膛，行为艺术展览，背心成为道具。

如今，男人越来越羞涩了，背心属于内衣，囿于卧室，连客厅都不敢去了，否则妻子要发声音：“喂喂，请侬注意点，这里还有阿姨，还有倷呃囡儿。”更不宜出门招摇过市。倘若依旧故我，穿着背心去超市，就好比开着救命车去赴婚宴，当心人家“大小便失禁”。

背心属于妇女用品啦！

朋友

带绰号的朋友

什么是好朋友？趣味相投，那是喝茶闲聊消磨时间的帮闲，帮不上忙的“兄弟帮”谓之帮闲。说得仗义些：愿为朋友两肋插刀，那是将来进行时，属于持刀高举半空中，悬；说得凶险些：曾经刀口舔过血，那是过去完成时。有个段子绑定“好朋友”四要素：“同过窗、扛过枪、嫖过娼、分过赃”，一看就知道“打死我也不说”的道上朋友，不是不肯说，而是不能说，“其文不雅驯，荐绅先生难言之”，放不上台面。“同过窗、扛过枪”，点明“山有脉、水有源”的渊源，是知根知底的老朋友。好朋友是从老朋友中筛选出来的，是经过层层砂滤过的纯净水，如一句广告：“农夫山泉 —— 有点甜”。“嫖过娼、分过赃”，验证一句话：“干过坏事的才是好朋友”，属于死党。

自小“混蛋+皮蛋”，物以类聚，至今身边不乏“七歪八邪”的三教九流，但俚而不俗，最劣等的也是“真小人”，拥有最宝贵的品质：“不说假话。”我也舞文弄墨，自然有些文人雅士，都有个特点：荤无肉隔气，素无馊菜气，绝无“头巾气”，所以在文人圈里，朋友很少，不得不以“德者不寡，必有邻”自欺、自慰、自勉。我的交友格言：宁可掩鼻有狐臭味，不可皱眉有酸腐气。我的文人朋友也有绰号，酒酣后的佐料。

出差回到家，书桌上一叠报刊，最上面搁着一份婚礼帖子。三十岁以前，多“大红烫金帖”，五十以后，多“黑框白纸帖”。红白帖的文字有个共同点：典雅庄重，如殡仪馆里的悼词。但这份帖子，文字随意，近乎潦草，浅显直白，没有雅称，只有时间、地点，抬头是我，落款是范某某，好像一封请假条，显然是好友，否则不会如此轻率。好比在家见熟人，倒屣相迎，睏衣睏裤，甚至汗衫短裤。范某某？我一时想不起来，便找出快递封面上留下的手机号，回一函短信：“范先生：我们在哪里见过面？”到了半夜，未见回函，次日一早，还没有回函，知道生气了，但我实在想不起来范某某是谁，忍不住打手机过去，回答：“我是肯德基。”哇塞，绰号出来了，记忆回来了，他曾是肯德基的采购经理。我责怪他：你为什么不告知绰号？他愤怒地说：“婚礼帖上有落款绰号的吗？”

什么叫好朋友？看到名字，“不知先生何许人也”；看到绰号，立刻知道谁谁谁了。

有位烧饭大师傅，姓季，第一次见面就乐呵呵：“我是侬本家的隔壁邻居。”听了不知所云，他解释道：“我姓季，比侬的李多一撇。”恍然大悟，“噢，对对对，季，就是姓李的戴了顶鸭舌帽”，从此喊他“鸭舌帽”，不喊“老季小季”，与鸡鸭区分开，以示尊重。

人无癖不可交也，癖往往是有点可爱斑点的缺点，有缺点才有特色，才有记忆点。一位做红木的刘老板，喜欢皇家风范，他的产品不是龙就是凤，精雕细刻，千刀万剐。伤痕累累，粗如蛇、细如鳝，放在厅里，虎踞龙盘，我称他：“乱雕”，谐音“刘雕”（沪语：刘与乱相近）。

绰号一般是生理性的，比如大头小眼睛，那是男生。小学里，但凡长得好看些的女生，免不了绰号。狐狸精，乖巧型的；女特务，勾魂型的；脸不够白而润，眼足够大而亮，噱称“黑牡丹”，稀缺品种，弥足珍贵。同样肤色的男生，“天然去雕饰”的直白：小黑皮；肤色再深些，就是“非洲人”；为人再粗鲁些，叫“野蛮”；脸颊若有疤痕，曰：强巴，取之于西藏农奴翻身的电影里倔强的农奴。到了中学，改邪归正，绰号也变了，美其名曰：牛虻，有知识了，掉书袋了。

当然，残疾是不能命名绰号的，这样不厚道。小时候暑假去“五七干校”，见一长辈，左脚长、右脚短，左脚直起，右脚悬在半空，画个圆，兜个圈，才落地，一左一右、一高一低，小时候不懂事，跟在后面学样，还念念有词：“一只蚂蚁”（左脚起），接着落下的脚：“踏煞伊”，父亲听到了，一个巴掌如轴转，此后再也不敢了。父亲信奉棍棒教育，教育名言：“人，不是教育出来的，而是教训出来的。”但品行残疾可以冠以绰号，比如办事没准，因情绪波动而起伏，俗称“脚高脚低”，简称“华侨”（下面翘，翘与侨谐音）。

有个赵姓邻居，小时候胖墩一个，后脑脖一团肉，玩伴们称呼：槽头，槽头肉之谓也。上海话里，赵与槽发音雷同。现在成为“3040老邻居”的群主，“槽头”这一绰号，倒也名副其实。异型钢管是家上市公司，原董事长姓石，做车间主任时，朋友直呼石头，做了龙头，还叫石头。

长大了，不能直呼绰号的，不是升官了，就是当老板了，他在台上发言，讲到精彩处，你站起来鼓掌高呼：“麻皮，码子！”他怎么下得了台？所以为尊者讳、贵者讳，你不得不客气，敬称尊姓大名，兼带官衔职衔，绰号不见了，人味没有了，亲切消失了。只剩下没有联想的名字：如一碗白开水，清澈见底，一览无余，显示贫寒家谱。比如陈阿大，噢，排行老大。或者招弟，只有姐姐、没有哥哥的妹妹。倘若桂芳，生于秋天。还有翠花，连籍贯都知道了：俺们东北银（“人”的谐音）。倘若是小毛，不识字的父母，唯一奢望：儿子像畜生一样健康、好养，如猫如狗。

绰号往往是瑕疵的符号，瑕疵就是特点。顽皮的童年时代，没有绰号的女孩，往往既不漂亮也不难看；若是男孩，肯定既无缺点也无特点，更无朋友，属于“三无产品”，是妈妈的宠物、没有屁眼的完人，就像墙上的蒙娜丽莎：笑、微笑、未笑，实在看不出来。小时候有绰号的，就是少年阿瞒（曹操小名）。发达后，依旧被代以姓名直呼的，这样的男人，有自信、有度量、肯吃亏，是性情人物，可以一起喝酒寻过开心。发达了，绰号不能喊了，往往有尊严、有架子，不能开玩笑，这样的人，可以做同事，不能做朋友。我的态度：肃穆以待，敬而远之，奉若鬼神，最好挂在墙上，夹在日记本里，等待时间的尘埃埋没！

“群”众生活

群，是汪洋里的一叶孤舟，“群”众是搭乘者。群，是大海里的一座孤岛，将一群人圈在一起，与周围隔绝，有点像崇明岛，当地人是这样自嘲的：“小小崇明岛，四边浪滔滔，一颗手榴弹，逃呀呒处逃。”（“呒”：崇明音“也没有”的意思）

“群”众聚合，有点像旧时代的会馆，因为地缘（同乡会）、业缘（各行各业的商会）、学缘（校友会）而汇涓滴而为一泊，由此证明：人是社会性动物，可以独立奋斗，难以独自生存。鲁迅是这样描写孤独状态：“不在沉默中爆发，便在沉默中死亡。”反正不能孤独！毛泽东说得一针见血：“党外有党，党内有派，历来如此。”人，喜欢结党营私，哪怕猪一样的队友。梁实秋以段子为证：“一个人：沉思；二个人：争论；三个人：结党；四个人，麻将一场。”当下的群居方式：线下“四人帮”，线上微信群。

当代人，可以离婚，但不能离群；可以死老公，但不能死机，否则就成怨妇：“迭呃日脚（沪语：这个日子）哪能过？”过去一夫一妻制，现在一房一妻制，当下一人一群制，一群“群”的群，吃顿饭，拉个群，开个会，拉个群，如果进一个公厕也拉个群，那就是江湖郎中拉的群：前列腺同盟会，台湾人还保持着古典称呼中的委婉，上厕所曰唱歌，这个群雅称“前线歌舞团”。什么叫建群？捡到篮里都是菜；什么叫删群?便后起身冲马桶。微信最大的贡献，创造了群；群的最大贡献，让吃饱饭没事干的人，终于有所事事，不亦乐乎，将无聊变有趣，懒女人成劳模。她的一天，躺在床上：不是建群就是删群，好比山东快书开头大实话：“火车站里有火车，火车里面有旅客，旅客提着旅行包，不是上车就下车。”生活里的懒女人，每天早上第一个在群里升旗的，好比周扒皮学鸡叫。我终于明白，周扒皮比长工辛苦，起码要比长工起得早：学鸡叫！好比升旗的懒人，然后睡个回笼觉。上海人嚎称：有空！

微信最大的实惠：免费！不分国内外，天涯若比邻。从此，全社会各阶层，不分贵贱贫富，都可以使用。尤其等你老了，子女飞了，只剩下空巢与老人，因为膝盖坏了，或者半身不遂，总之出不了门，在微信里，可以找到朋友，弗届远近，嘘暖问寒，彼此慰藉，人称“微信养老”。政府负责物质层面 —— 足额发养老金，微信负责精神层面 —— 群里发微信。当下老人真幸福，首先有比年轻人工资都高的养老金，比如教师退休金8000元，还有无限畅聊的微信群，套用梁启超一句话：“三千年来未有之巨变。”

因为免费，交流的方式也颠覆了。十年前，退休工人路上遇见老同事，路旁露谈、树下立谈，起风了，要下雨了，拽着对方的胳膊上公共汽车，随口一句：“车上谈”，因为老人坐公交免费。有钱的在茶馆湿谈，年轻的在澡堂里裸谈，退休的在微信里畅谈。自从有了微信群，消灭了贫富，各个阶层都拥有了谈话空间，因为免费，所以啰唆，白天白讲，夜里瞎讲（上海话：黑与瞎同音）。因为免费，废话遍地，微信群里充满了语言垃圾。一篇有价值的文章，往往被一张张照片、一堆堆废话，甚至一朵朵鲜花顶出天窗。甲骨文时代，因为书写材料昂贵，所以简约，往往藏头去尾，一部《尚书》，让你莫名其妙。竹简时代，竹片上烙字，书写艰难，主语往往承前省略，写作都是斩首行动，比如《论语》，一字千金。报纸时代泡沫化：连篇累牍。到了微信时代是废话：不说白不说，白说还要说，成了老唱片，翻来覆去，转不停、讲不完。

群的最大贡献：首先让所有的人都拥有一群“群”，拥有了一大批仅供聊天的“群”众，优点：免费畅饮，缺点：全体吐槽！其次创造了啰唆。“群”众的语言远不如K房小姐的短信 —— 简练：“人傻、钱多、快来”！宛如拍电报，惜字如金。

微信里的人际关系，基因突变：群众比朋友多，陌生的比认识的多。“落地为兄弟，何必骨肉亲”？陶渊明时代，那是诗人幻想，如痴人说梦。微信时代，成为身边现实：“海内存知己，天涯若比邻。”懂外语的，与美国赤佬聊；只会汉语的，与美国华侨聊；坐办公室的与中国城里的华裔聊；领低保的与唐人街里的华侨聊。微信里，我们的朋友遍天下。

微信时代，可以没有朋友，但不能没有“群”众。无聊时陪你聊天的是“群”众，未必是朋友，尤其退休了、空巢了，无聊是分分钟钟，所以“群”众比朋友重要，甚于儿女。儿女再好，有空陪你闲聊吗？微信真好，只要无聊，总有陪聊，因为大家都无聊。拥有无聊，才能享受陪聊！这就是平台的力量，微信就是平台，让我们在上面跳广场舞：快乐大转盘，大家一起玩。

当然啦，生病了，陪你去挂号的是线下女儿，替你找名医的是线下老友；

念悼词的是线下儿子，开追悼会的是线下老友。“群”众是群里发声音的，说得到，做不到。老朋友才是拧干水分的干毛巾，可以擦汗、试泪、止血，是唾手可得的止痛片、安眠药。

在线“群”众只是梦中情人，只能飞吻，不能亲吻；只有激动，没有行动。

人以"群"分

过去，丈人考察女婿，最精准方法看他周边朋友，物以类聚。

今天，老板考察员工，最佳途径请看他的微信群，人以群分。

入群好比入病房，进了肝炎病房，不被传染，就被感染，入群不可不慎。

我有个生意人群，其中有长我十岁的老江湖，拍拍胸脯，自豪自炫："兄弟今年虚岁七张分啦。"这是立弄堂口辰光的口吻，分：一张十元面值的人民币，此切口出典于上世纪80年代初，那时面值最高十元，雪青颜色，号称"青币"，一折二，塞在的确良衬衫上衣口袋，服服帖帖，隐隐约约，不显山露水，低调张扬，上海话：这就叫老卵！七张分就是七十岁，这个群的生意人，不谈养生，不谈偏方，不谈下一代，只谈新生事物，谈以色列的全民创新、谈印度的服务经济、谈中国的互联网进步、谈可燃冰、谈机器人。天天在学习，唯恐被遗弃。谦虚使人进步，学习使人年轻。这个群里的群众，不少六十以上，个个目光炯炯，精神焕发，秘方就是学习，学习是最好的青春宝。这个群，不是病房，是健身房，永远朝气蓬勃。

我的手机里，有维族，无"晒"族：晒旅游、晒美食、晒幸福，一晒就是一连串，就像年轻妈妈晒尿布，一晒一竹竿，照片往往满足于浅层次的，这样的群待久了，你会变得浅薄、变得慵懒、变得虚荣。

我即将奔六啦，往往被拖入老人群里，特征：养生多，偏方多，而且都是附带恐吓的偏方，前后矛盾的偏方。待在这样的群里，等于陷入十里埋伏，草木皆兵，终日疑神疑鬼、胆战心惊，吓出神经病。仿佛生活，不是为开心，而是为防病，待久了，神经兮兮。个个成了地下兵马俑，"那些地下的武士们，脸上带着不知对谁的敌意，空空地等待"（美国总统里根1984年在复旦大学的演讲）。这些群还有个副刊栏目，专门转载"看穿"人生的段子多。什么叫看穿？一句话："对自己好一些，对小辈提防些"，以自私为门槛，以门槛为世故，以世故为聪明，以聪明为高明，充满了老谋深算的阴暗：防病防盗防子孙。这样的群里待久了，就好比进了等待换肾换肝的病房，满屋充满了末世的绝望情绪，虽不传染，却被感染。

我喜欢舞文弄墨，自然有不少读书人的群，最喜欢讲民主。民主诞生于小国寡民的市民广场，像中国这样大山大河的大国，不得不依赖精英治国，自然缺乏民主传统。现在最适宜操练民主理念的是自家小区的业主委员会，民主派却不闻不问，喜欢“坐而论道”，不肯“起而行”，与其参加这样的群，不如参加业主群，就事论事，民主训练第一步：从身边琐事做起！先扫一屋，再扫天下，先勿要讲得介大（沪语：du），好哦！牙，勿要开得介大，好哦!

还有一类群，天天讲西方高福利，以此抨击中国福利，希望中国也像希腊一样，休假日多于工作日，仿佛生活在琼瑶小说里，只有恋爱，没有生活；好比生活在《红楼梦》里，只有享受的，不见劳动的；好比生活在海子的诗里：“我有一所房子，面朝大海、春暖花开”，“做一个幸福的人，喂马、劈柴，周游大海”，只有随心所欲，没有琐事缠绕，那里面，不见劳动，那么谁来养活我们呢？那是诗、是梦、是糖精片，不是现实、不是生活。一百多年来，欧洲政客不断允诺更好的福利以获取选票，现在高福利已成为竞争累赘，引爆欧洲财务危机的第一枪就是民主源头的希腊，希腊财务危机就是高福利危机，不惜借国债支撑高福利，最后无力还息，遑论还本，导致国家信用危机，接着蔓延到西班牙、意大利等拉丁语区域，再辐射到法国等欧洲强国大国，欧洲的衰落源于高福利。什么叫高福利？坐享其成。这样“理念先进”的群不敢入，待久了，就会变懒！从消费者堕落为剥削者，成为“搪瓷七厂厂长 —— 荡在家里、住在家里、吃在家里”（沪语：搪与荡、瓷与住、七与吃，互为谐音）。小剥削：同时代的“群”众，比如抢红包；大剥削：天下税民；再不够，剥削下一代子孙 —— 转移支付、展期支付。下一代为上一代托底还债，这叫“穷剥削”。这不是堕落是什么？这样的群，就是懒人群，连常识推理都没有。

群，是个大染缸，所谓“一票货色”，就是出自大染缸的一批货，趋同性极大，跟着大仙会跳绳。选什么群，决定你什么视野，甚至价值观。励志警句“出淤泥而不染”写出条幅、系在裤裆里，到了窑子，管用吗？群的最大特征：物以类聚，它会裹挟你，让你“常在河边走”，最大的风险：“哪能不湿鞋”。

过去，“男怕入错行，女怕嫁错郎”；现代人入错群，好比小孩轧坏道。

同学群

微信有多大的魅力？说得绝对些，一个女人，可以没有丈夫，但不能没有微信，人生最大的不幸，古代：食无肉、居无室、出无友、夏无风；今天：有手机无微信。手机孕育微信，微信促销手机，不能看微信的手机就是傻瓜机，就好比BB机没有数码显示，就是个傻冒。

微信里最强大的是“群”。工作群最专一，只有通知之类，而且是垂直型：上级对下级。倚强凌弱：公司对个人！所以最死气沉沉的群——工作群，一堆僵尸粉。

退休了，驴友群最多，上飞机还是“黄牛角、水牛角，角归角”的陌生人，下了飞机，坐在回家的地铁里，尤其2号线，一群陌生老人之间，频率最高的一句话：“加个微信”，于是就成了“群”众。旅行越多，驴友越多，“群”众越多。

老邻居好比老婆，邻居群最少，往往只有一个。同学群最烂，小学的、中学的、大学的，倘若不幸留过级，多了一个班级群，坏事变好事，留得越多，路道越粗。今天忍不住回头对他跷起大拇指，搓搓伊：“出道是我早（毕业了），路道是侬粗（留级了，同学多一倍了）。”最可贵的，那位留级朋友不会发火，尽管身价上亿，他笑着怪罪同座的她：“伊转学了，我就留级了”，无法抄袭了呗。冷嘲需要幽默，自嘲需要胸怀，这自嘲兼冷嘲一再教训我们：智力比学历重要，努力比经历重要。

小学“群”里，家长里短的多，中学“群”里，愤愤不平的多，大学“群”里，坐而论道的多，只要今天发生了一个事件，如同茅坑丢“炸弹”——激起群“粪”，群起而论之，田鸡篓子倒翻喽！田鸡满地跳，议论纷呈，你说东我偏说西，互不相让，不为真理只为炫，炫知识、炫思想、炫个性，就是要炫出与众不同、高人一等，属于江西人补碗——自顾自（象声词：瓷咕瓷）。忽然发现，争论的焦点原来子虚乌有，抵掌大笑。我是在群里读懂了民主，什么是民主？允许胡说八道，果然胡说八道，都是胡说八道，我替“群”的话题范畴之泛滥拟了副对子：“谈古论今、从股到金”，横批：拉讲！微信群里，你可以感受到泛滥的民主，没有轴线的民主，没有边界的民主，没有底线的民主，胡说不承担后果，谣言不承担责任，原来群里的民主可以肆无忌惮，好比网店可以卖假货而找不到东家。倘若在微信群里寻觅真理，如乱麻里寻找线头，终于找着了，船已西移，失去了真理的相对性、针对性，“向之所欣，俯仰之间，已为陈迹”，真理成了荒谬，成了刻舟求剑。这五年，同学们纷纷退休，却老骥伏枥，坐而论道，久而久之，不幸成了有“痔”者，印证了公共厕所里的广告：“有‘痔’不在年高。”

群主远在澳洲，天天坐在后院里，专注西方哲学，专注原版哲学，学有余暇，关注同学群，一有话题，或因势利导，或煽风点火。没有话题，策划话题，挑起事端，唯恐天下不乱，不惜挑动群众斗群众，灶头不能冷却，热闹就是人气，线上互联网对线下门面房的最大颠覆：不是人流，而是平台；不是平台，而是粉丝，同学群就是群主的粉丝群，人格魅力大于对错、大于是非、大于价值观。

街头巷尾，观棋不语的是高手；同学群里，观群不语的是局级干部，属于深海鱼不冒泡；少说多看，充其量敷衍几句“今天天气哈哈哈”的是处级干部，属于潜艇级别，偶尔浮上来换换气；有话就说的往往是做教师的，胡说八道的往往是只看报不看书、只看标题不看内容的标题党们，因为无知所以无畏。还有看都未看，随手转发，相当于瞎子劝酒：“侬喝一半（沪语：喝与瞎谐音）、我喝一半，要么阿拉都喝（都瞎）掉了。”最煞风景的：正当大家为了天下大事争得脸红脖子粗，忽然一女生上传一个养生帖子，好比屁孩子躲在角落小便，忽然后背被人拍了一下，顿时大小便失禁。

自从有了微信，谣言大于真理，我的一位医生朋友，愤愤不平地骂了句粗话：“tmd，有病看医生，没病看微信。”微信上常常有养生之类帖子，都是些“不问出处”的帖子，你不知道谁写的，笔者可能姓胡，名悦，一不小心就叫“胡说”。微信里，只有转进来的钱可以全信，其他只能微信，尤其讲养生的、讲发财的。

养生帖子多了，说明“群”众开始老了，到了90岁以上，男的女的不分了，好比微信群里对的错的不分了。

微信里的菜肴，不是最好吃的，而是最好看的；微信里的知识，不是最正确的，而是最极端的，传播之快，甚于梅毒传染。没有微信前，你可能没有智慧，但还有知识；没有知识，还有常识。看了微信，可能连常识都变没有了。

姓“黄”的朋友们

在上海话里，王、黄不分，都读一个音：“王”，比双胞胎还相似，简直就是两张人民币，分不出你我，一对难兄难弟。几十年前，我去山东泰山脚下的小县城——肥城，因为有位朋友，朋友姓黄，几十年前我在泰山脚下做服装、开饭店，因为近，更因为他是南方人（广东），又是清华毕业的，随当军长的岳父离休返乡，在县城特别孤独。当时像我大学毕业生做如此下贱的买卖也属凤毛麟角，气味相投，特别投缘。当时叫肥城县，他是副县长，后来升华为肥城市，是县级市，有当地老农民素段子为证：“一个市长、二条马路、三个警察。”他就是副市长，他说他是小市长，你是大市民，因为我是上海人。那天我到了政府大院，“请问原来的黄市长在哪？”门卫疑惑，“王市长？哪来的王市长？”于是我在手心比画着“黄”，那人恍然大悟：“是HUANG（黄）啊！”挥手一指：“喏！那幢小楼。”从此我知道“黄”“王”不是一家人。

在北方，王字读破了就有些“黄”了。老王见老刘高呼：“老刘吗？”老刘听偏了，以为“老流氓”，于是故意读破句：“是老王吧！”怎么听都是“老王八”，以报一箭之仇。若上海话，嗨！“黄”先生也陪绑进去了。

上海话是大杂院，是江浙粤的方言的大杂烩，在本帮菜中就是“烂污三鲜汤”，所有做剩下的边脚料都一锅煮。上海人往往在姓氏前面加“阿”以示亲昵，这是老广东的风俗。但姓黄的偏偏不能，千万要慎重，因为“阿黄”往往是称呼黄毛狗的，有时在弄堂门口，见一男子，穿缀满铜钱花纹的绸缎睡衣，颈项挂一圈粗大金项链，喊“阿黄，阿黄”，真不知呼唤他的人间朋友还是他的畜生朋友。我在宝山有个朋友汪枫林，偏爱书画篆刻，结果连公职都辞了，在家诗酒人生“从吾所好”，但没有陶渊明的冲淡，一脸橘子皮，高个宽膀、突睛豹眼，呼朋唤友，肝胆照人，朋友圈里都称他“阿汪阿汪”，怎么听都像小狗“阿黄”的上海话版本，他一点也不发火，因为亲切。允许你叫“阿黄”的，绝对是你的“生前友好”。

黄是颜色，作为姓，很难配色。我有位女性朋友，大学教师，家境很好，用时下的求偶广告“高知家庭”绰绰有余，偏偏叫“黄桂花”。粗看，太土，其俗在骨，好比小姐叫闺女、太太叫大娘，一点都市的洋葱味都没有，纯粹“村里有个姑娘叫小芳”。仔细一想，桂花是黄灿灿的，正衬出“一片黄”，是梵高笔下的《向日葵》，满目皆是四月江南菜花地。这个名儿虽土，却别开生面，是大巧若拙，大智若愚。这才知道她的好处：本色。在我身边的知识分子朋友，就喜欢大俗大雅的本色。我在复旦历史系的朋友高蒙河，儿子叫“高了”,他的希望很单纯：比他父亲高些，全没有求智增慧的汉字符号。复兴中学的物理教师李晓东，他的狗叫“丑丑”，狗越丑越名贵越逗人，果然！追求言外之意。

有些人不姓黄，偏偏加封“黄”，往往凶多吉少。比如热心人，好拍胸脯包打天下，托办的事黄了，而且是屡犯惯犯，上海人一拱手：“谢谢一家门，侬迭只黄伯伯！”我有位酒肉朋友，酒席上的段子高手，素的少，荤的多，辨酒色可以辨出人的品行：“大贪官，喝洋酒，泡洋妞；中贪官，喝红酒，拿红包；小贪官，喝黄酒，看黄带；无赖贪官，喝白酒，开白条，放白鸽。”我们称他“老黄”。

不姓黄而称“老黄”的朋友，肯定风趣，绝对机智。酒桌上少不了的“麻子柳敬亭”，否则，只剩下一桌饭，请请请、吃吃吃了。

开坏“点赞”

这年头，为人处世有三种话。

说真话？要有勇气！戳破皇帝新衣的幻觉，告诉他：您的这身新衣，“遥看青色近却无”，出巡天下等于裸奔。回答你的，不是训斥，而是声音：咔嚓一声，砍头一刀。

说谎话？要有运气！比如网上流行语：“不转遭雷劈”，不幸而言中的概率，小于中头彩，少于黑天鹅，绝对小概率，几乎归于零。

不肯说真话,又不愿说谎话，不是哑巴总得说话，还有一种选择：不害人的假话！它是敷衍与奉承的片假名：“年三十死了头驴，不好也得说好”，这叫会说话，否则见了新生儿，别人都在说谎话：“嘉儿天庭饱满地阁方圆，将来必有后福”，你却当头一棒说真话：“这孩子将来会死的”，当心耳光来了。北方人的口头禅：“会聊天吗？”在微信群里，“会聊天”先要会点赞。

这年头，你可以不出门，但不能不上网；你可以出门见了邻居不讲话，但不能到了群里见了“群”众不点赞。你可以不说真话、不说谎话，剩下的就是假话，最好的渠道：点赞。老上海，熟人见面语：“饭吃了吗？”并不是请你去吃饭，只是表明关心你，真的没吃饭，你不能说，说了就是不识相，对方也未必会让进屋请你吃饭。所以客气话往往是假话，不能当真，所以叫“假客气”，相当于时下的点赞。

网络潜规则：用真名说假话，用假名说真话。在微信群里，只要是熟人，不管他说什么，都送一点红的一束花，这就叫点赞。在微信里移植一束花，好比到海里挑一桶水，不花钱，而且不费力，空口许肥诺，都是些无本买卖。

最近一位朋友的老父亲卧床三年终而仙逝，作为女儿，也是出版社的主编，不得不在微信里上传一组照片，暗示同仁、同事、朋友，节哀之时，不接电话、不回短信。第一张：燃一烛；第二张：点破题，“一瓣馨香送亲人”；之后一张张照片是一瓣瓣花瓣，每一瓣上总有几滴露珠般的水珠，晶莹饱满，象征泪珠，“斑竹一支千滴泪”，好比追悼会的网上移植版，等于泣告诸位。谁知，引来一片误读，依旧点赞，送花！送花！送花！还有好评不断："拍得真好！"都是在家灵堂拍的，光线偏暗，居然还是"嗨"！"年三十死了头驴 —— 居然还说好"！点赞者不审题、不读题，惯性思维，点赞第一，说明我是关注者，丧事变成了喜事，变成闹剧。我是群里的旁观者，哭笑不得，既不能逆袭说真话，又不能顺坡说假话，终于明白：点赞等于扯淡。

互嗨，又叫互粉，"粉"字用得好，用得妙，用得老汉我莫名其妙。粉，就是粉饰，文过饰非。粉，就是涂脂抹粉，就是浓妆，就是用老粉填满一脸的瘪塘，淹没一脸的雀芝斑（雀斑），厚厚的一层，像面拖小黄鱼，埋葬了所有的缺点。什么叫优点？最低限度：缺点不见了。

什么叫互粉？"文革"初期，林彪与江青一同出现，高举着塑料封套的《毛主席语录》前后摇，江青喊："向林彪同志学习！"林彪答："向江青同志致敬！"江青的学习是言不由衷，林彪的致敬是不得不敷衍，你假，我比你更假。互粉就是我赞你，你也必须赞我，拳来脚去，一报还一报，来而不往非礼也，这叫礼貌，也叫虚伪。互粉的原理：不讲原则，只有互捧。

于是互粉堕落为敷衍，就是逢鬼说鬼话，基本是鬼话。想起一则段子：一大学生在宿舍拿着镜子照半天，忽然感慨：我好帅啊！室友冷答：妈的！连自己都敢骗。如果发在群里，一定是一片点赞。线下说真话，线上说假话，惯例就是互粉，见过不要脸的，没见过这么不要脸的。

小时候有首二流子小调，专为我等"皮蛋"男孩填的词、谱的曲："你会拉胡琴吗，喔（苏北口音：我）不会！你会弹钢琴吗？亦不会，喔，问你会弹什泥（苏北口音：什么）琴呀，喔么只会弹爱情。"微信时代，只会点赞了。

相当于旧官场：多磕头、少说话。说话难免说人话，一不小心说真话，得罪人。磕头相当于点赞，你好我好大家好，这就是"群"众的惯性思维。

散步“聊”法

人生，每个阶段有每个阶段的活法，如同登山，一转一景。年轻时亢奋，汹涌澎湃，哪怕彷徨，也在徘徊，“我们不能再等了！”《列宁在十月》里，一副时不我待的急躁。此时应该静下来养养心，坐，是最好的疗法：可以防血压高、治心律不齐。

年老时百无聊赖，心死如灰，如老僧入定，此时应该反过来：一静不如一动，逼着自己多动，走，是最好的疗法：助消化、降血压、防血糖、融血脂。外在与内在反着做，就达到了平衡。金融表述：对冲；哲学表述：矛盾，它是平衡的前提。追求意见一致，就是将人统统赶到船舷一侧，船必翻！走在桥上，步调一致：一二三，塌！

五十以前，赚钱第一；五十以后，养生第一。

过了五十，同龄人见面，总是摇首感慨：“忽然老了！”悼念式的惋惜。我的感觉：“终于老了！”“终于”两字，有一种“媳妇熬成婆”的喜悦，选用瞿秋白临刑前一句话：“人生得一大脱。”终于可以交班了，终于可以歇业了，终于可以摆脱缠身琐事了，终于可以避免“半夜上床睡不着、凌晨醒来百事多”的煎熬了，解放了！终于可以安然享受自己的积蓄，不为衣食、不为儿女，百无牵挂，坐下来钓鱼，站起来散步，随心所欲从吾所好。

早餐后，散步；午餐后，散步；晚饭后，还是散步，仿佛送快递的。我的健康理念：朋友在于走动，生命在于运动。人是动物，不动就是废物。

未成作家，先当“坐家”，上午总是坐在书房里，狗头摸摸，羊头摸摸，游学无根。读书不为稻粱谋，赚钱应该属于上午之后，书房之外，与读书无关。都说“久坐生痔”，但我幸免于难；都说“十男九痔”，我是漏网之鱼；都说“有痔不在年高”，年近六十，侧身其外，属于逃亡地主。很大程度上，归功于坚持散步。

我家的小区很大，一圈五公里，每天三圈：二万余步。在我的微信散步圈里，常常名列前茅，偶尔第一，那就是在国外，散步迷路了，又不懂外语，只能埋头戆走，越走越不对，折返再戆走，又到了十字路口，不辨东西，头头转、踩踩转，终于见到路人，将手机里的照片递给他看，出门前，拍下门牌与路名，终于回到了家，折腾到半夜，当天肯定第一名，而且远远超越第二名，差距越大，说明练戆的时间越长。现在见了偶尔步数第一的朋友，常常短信征询："在国外旅游？""以小人之心度君子之腹"。

去外地有两件必备：牙刷、球鞋，可以忘了给家里通话，绝不会忘了散步。拿着手机，打开话筒，骚扰一下久违的朋友。边走边聊，胸中积郁一吐为快，说者吐槽，听者马槽，互为听者说者。有句成语：积郁成疾。积郁在胸，易得恶病，不信你看看周边癌症患者，患病前往往是郁郁不欢者。边散步，边吐槽，前者有氧运动，后者一吐为快，远离恶毛病。

到国外，舍不得长途通话费，但也不闲着，打开录音听筒，听系列课程录音，开始"思想吸氧"。我的历史系统知识，都是在散步中系统获取的，而且得之于大家真传——系统讲课，军事科学院的刘统教授传授的中共主导的中国现代史，武汉大学赵林教授传授的与基督教须臾不可分离的欧洲史，北京大学王新生的日本史。梁启超有句名言："读书不忘打牌，打牌不忘读书"，到了五四，蔡元培讹为："读书不忘救国，救国不忘读书"，今天我篡改为："散步不忘听课，听课仍在散步"。中国有函授大学、电视大学、自修大学，我的历史知识得之于"陆军大学"步兵科，私淑之徒、耳闻窃听者。

散步时我的嘴从不闲着，工作、生活中的琐事，我都集中在散步时段。对着手机，点开话筒，借助语音译字写日记、写短信，对着话筒，与相关人员交流，散步是慢性子活儿，很适宜与人探讨，从容不迫、娓娓道来、一丝不苟、滴水不漏。散步与聊天同步，割草不误逮兔子，这个时段的生命长度是自然生命的双倍。

写作是个亢奋的活，于血压不利。初稿既成，掷笔出门散步去，回来血压就正常了，比降压灵还要灵，比喝白酒还快（原理：扩张血管，迅速降压），快如止痛片，而且无后遗症，我称之为"有机"疗法。

老年的标志：通讯录里，美女少了，医生多了；朋友圈里，段子少了，养生多了。尤其微信的出现，养生成为全民运动，微信成了老年朋友的"第一医科大学"函授班，养生有偏方，偏方成八卦，八卦满天飞，之多之滥，让你无暇辨别。我的原则："非礼勿视，非礼勿听，非礼勿言，非礼勿动。"

我只坚信：散步！有人宣扬游泳，但有个前置条件：游泳池，冬天不仅需要室内，还要加温；到了夏天，游池里就是一锅馄饨，密度不亚于澡堂，池水浑如面汤水，与澡堂无二，唯一差异：一裸体、一裤衩，而已，而已。

我选择散步，因为分分钟钟进入运动状态，时时刻刻处于有氧状态，而且随时随地，毋须条件，穷人富人都玩得起。好比空气，虽然贵重到须臾不可或缺，却是免费的。譬如上海的滨江大道，谁都可以昂首阔步，倘若客气，等于放弃。

嗲文章

嗲，上海话里，基本面属于褒义词。有个绕口令："嗲人戴嗲表，嗲人背嗲包，嗲表配嗲人，嗲包嗲人背……"一气读下去，舌头变大了、变硬了、搭牢了、梗牢了，舌头转不过来了，以为小中风。这里的嗲，就是美好。但嗲与美还是有些差异，相对美，嗲好像更狭隘些，适用于有文化含量的器物、精神层面的品行，比如嗲女人。

今日上海，嗲女人越来越少，发嗲的女人越来越多。嗲在动词"发"的助推下，更前进了一步，越过了边界线，好比真理超越半步，就是谬误，发嗲就是过分，属于老太婆叉八字开！

上海女人闻名天下，她的核心竞争力：嗲。比如穿戴言谈的得体，现在被误解了，以为照着月份牌上的美女穿戴，就可以冒充嗲女人了，其实月份牌上的旗袍女，是舞女，"常在河边走，可能常湿鞋"，说破鞋可能有些粗鲁，但绝对不是布鞋，更不是皮鞋，属于花瓶，不属于上海"嗲"女人。好比小三，是女人，不是夫人。

现在要欣赏上海嗲女人只剩下两个渠道，一个是书场，评弹老艺人，一袭旗袍，中规中矩地坐着，哪怕是牡丹花，也是浓郁而不妖艳，端庄淑娴，可以欺、不可以亵。

还有就是淳子笔下的旗袍女人。

很早就关注淳子的文章了，被她的文字俘虏去，她的文章是剪纸，精雕细镂。张静江有五个女儿，常人写法：五朵金花。淳子偏偏要翻出花头：五株玉兰！玉兰是上海的市花，暗示出上海张宅里出生的女孩底色。玉兰洁白，衬托出高雅。她的文字映衬着宋词的墨晕，仿佛宋词如瓶从她的书橱上坠落，"砰"然碎瓷一地，满地金耀。描摹京剧名角李蔷华，一派古典写意："是水中若隐若现的月，镜中似花非花的莲，是红粉朱楼里的碧玉，青灯古殿下的胭脂……李蔷华的影子，便是屏风上的暗红暗香，挥之不去。"她所有的句子都是糟鸡块，在古典文学的卤甏里浸透了才捞出来，陈香逼人。她的文章锦绣而绚烂，嗲哦？嗲呃！所以叫“嗲”文章。

不会写文章的，往往满篇形容词，会写文章的，往往借动词传神。淳子更进一步：动词输往动作里，显现内心。名医陈莲舫为皇上开方子：“提起来，又放下，在那枚端砚里，把墨捻了又捻，终于，计上心来。但见大笔沙沙，药方一挥而就。”表现得忧心忡忡、犹豫不决，最后决然而然，全是镜头。她笔下的动作都是经过设计的，一步一步地很有节奏，表现出内心的死水微澜。傅雷的妻子朱梅馥，“听见傅雷的脚步，夫人朱梅馥站在楼梯转弯处那个圆弧处等着”；那时傅雷正受到政治冲击，作为妻子的“朱梅馥无言，只把傅雷的手放在自己的手心里，轻轻地抚摸着”，这些动作一往深情，反映出老夫老妻相依为命，焕发出旧文人的优雅：温良恭俭让。让你感动而非激动，泪就流不出来了。文章写到这个层面，只剩下温馨两字，这样的女人于今何处觅？中国的传统！幸亏纸里夹着，这样的书，应该高高在上，供奉在书橱的显目处，以便时刻翻阅，清明时节缅怀。

淳子文章里的主人几乎都是旧上海的上层仕女，喝咖啡、弹钢琴、说外语，中西女校出身，写得那么金枝玉叶，不食人间烟火。嗲女人的言谈举止裹以嗲文章的豹皮虎纹，形式与内容珠联璧合，相得益彰，这就是淳子文章的最大亮点。

但那不是上海，充其量属于“介许多大米突出一粒洋籼米”的一小撮，那是女性作家往往容易以假乱真的心中梦，好比琼瑶笔下的男女，只谈爱情，不做工作，靠什么吃饭呢？在上海，绝大多数的芸芸众生，还是《七十二家房客》，还是生煤球炉的饮食男女，为生存而奔波。

我关注淳子，好比关注对手的棋谱，因为我也写上海。她写上层的举止优雅，我写下层的生存智慧；她写嗲女人，我写“马大嫂”（买、汏、烧）；她写《上海格调》，我写《上海腔调》，上海人的语境里，女人要有格调，男人要有腔调。《上海格调》是织锦缎、细腰带，《上海腔调》是香云衫、阔皮带。上海的街谈巷语：“男人要野，女人要嗲。”淳子的文章嗲溜溜，看她的文章，就像听黑白电影《南征北战》里的电台播音员：“国军固若金汤”，一句比一句软而低，听后的感觉，一句话：“这里的小姐都昏过去了。”（电影《列宁在十月》）我的文章野豁豁，“三月的天，雷对雷，钢铁工人锤对锤，今晚咱俩杯对杯”。因为她出生在绍兴路，我靠近黄兴路。所以她写蛋糕，我写羌饼。我们都真实地描绘了我们狭隘的“真实”：因为忠实生活，所以风格不同。

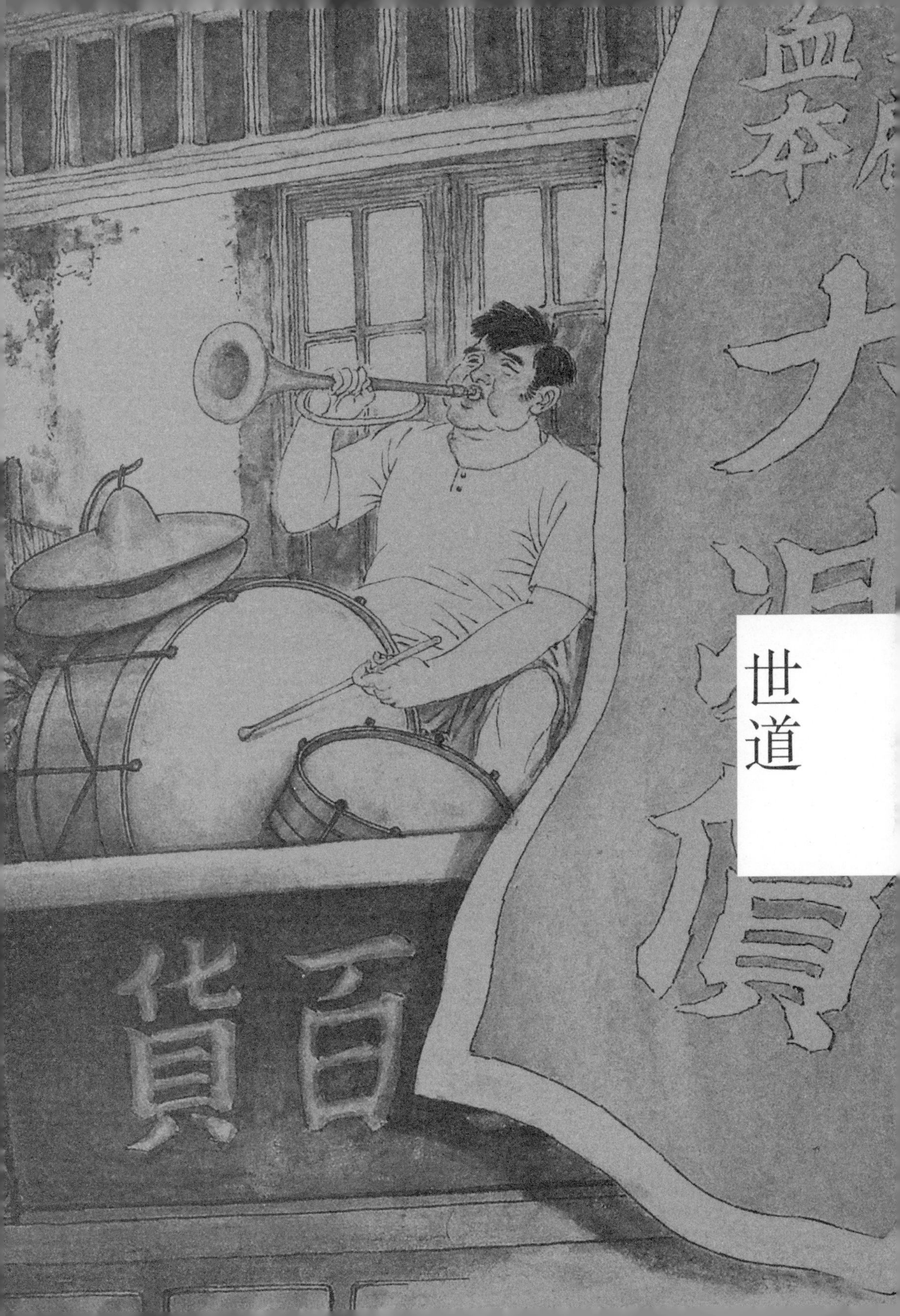

世道

狗年说狗

我属狗，走狗的狗，就忠诚而言，狗永远是人类的榜样。

狗，哪怕你虐待它，只要是主人，它依然忠诚不逾，以德报怨。人呢，永远潜伏着背叛的可能，哪怕你待他恩重如山。丘吉尔在最危急的时刻，挺身而出，怀揣一腔“热血、辛劳、眼泪和汗水”，带领英国人民艰苦卓绝地抗击德国侵略者，在即将全面胜利的时刻，竟然落选，是英国人民抛弃了他。他不无自嘲地引用古希腊作家普鲁塔克的话：“对一位伟人的忘恩负义，是一个民族成熟的表现。”由此可见：忘恩负义是人类的基因。

二战期间，一家犹太人面临着德国纳粹的逮捕，儿子想去求助那位“我们帮助过他的人”。父亲断然否定：“我们去找另一位帮助过我们的人。”帮助过我们的人更乐于助人，不管有恩与否，这个品行就是狗的属性。如果按照儿子的想法，以为恩恩相报，那就错了，在利害面前，人会恩将仇报。有句老话很血腥：“你借钱给他，他就盼你快点死。”这样可以免去人情与债务。还有一句联语，更阴险：“一把米养恩人，一袋米养仇人。”所以，上海人有句忠告：“眼睛睁睁大，分清好人坏人。”但坏人比好人还要像好人，这样可以教训你，甚至掠夺你而且使你毫无提防。深谙世故的孔子有言在先：“巧言令色鲜仁也。”狗，就单纯得多了，哪怕捡回来的流浪狗，饱受屈辱，历经磨难，也没有世故与狡猾，只有忠诚，在狗，那是本能，如血，鲜红是本色。在人，忠诚是需求，往往源于利益。所以忠诚与背叛，一墙之隔，“大奸似忠”就成为可能。人类的楚汉分界线往往是利益，而不是恩仇。所以，与狗为友，可以高枕无忧，与人为伍，后半夜醒来，还须掂量，这叫“复盘”。

“说到人情剑欲鸣”，不知咋地，我总忘不了这首诗的“零头布”一句。

中国有句古话：“子不嫌母丑，狗不嫌家贫。”人，羡富嫌贫，一旦家道中落，可能妻离子散。当你沦落街头，请相信，狗会陪伴你沿街乞讨，直到永远；当你衰老势去，“为问门前客，今朝几个来？”只有狗不忘初心，承欢膝下；当你又聋又瞎，狗会拽着你，为你导盲，指出前方的路；当你陷入孤独自闭，亲情友情都对你屏蔽，只有狗与你沟通。有位孤寡老邻居，开玩笑地说："只有在狗的面前，我还像个人。"我补刀（道）："更像个主人。"言外之意，在人的面前，弱势者不如条狗。有逆子，没有逆狗，有不孝之子，无不忠之犬，"久病床前无孝子"，嫌弃你，狗？不会、绝对不会、永远不会，直至海枯石烂。先贤教导人类：安贫乐道。只有狗，全体"立正"，完全做到。

当我看到电影里西洋婚礼戏，婚辞："不管富贵贫穷、健康病衰……"就感到虚伪得好笑，这样的发誓，应该狗对人，才恰如其分。当发生不幸的时候，最靠得住的：袋里钱、屋里狗。

齐白石自称徐渭的"青藤门下走狗"，还有什么比走狗更加忠诚的呢？贬义词焕发出褒义的辉煌。

当然，狗也有缺点，比如致命的狂犬病，今年上海有几例感染者，于是人言鼎沸，居然鼓吹屠狗。其实，狂犬病远远低于人类的艾滋病感染率。再比如，狗会随地大小便、可能咬人、夜晚狂吠，其实这些都可以制止，或驯化，比如注射疫苗、戴口罩、拿铲尾随溜狗，狗只有小孩三四岁的智力，它的毛病如同人类幼稚病，关键在人对它的教养，文明狗需要文明人教育，怎么能迁怒于狗呢？

屠狗向来与人的卑劣品质联系在一起，韩信临刑前叹道："飞鸟尽，良弓藏；狡兔灭，走狗烹。"刘邦就是这票里货色：翻脸不认人，就是这样对待"效犬马之劳"的功臣，用屠狗来比喻再恰当不过了。杀功臣，功臣还有怨恨；杀狗，狗只会对着你流泪，狗，太善良了。在对待狗的问题上，可以充分看出人的残忍："狗对人是羊，人对狗是狼。"

我不养狗，不是讨厌，而是不敢。有位忘年交，女儿出国后，天天晚上国际长途，只问狗狗的情况，一次狗生病了，她在电话那一头号啕大哭，他的父亲终于"发声音"了："依爹爹死了，也不会这么伤心。"狗的年龄比人少七倍，它永远走在你的前头，永远是黑发送白发，"岂不痛哉！"你敢养吗？

如果夸你"比畜生好些"，那是骂你，因为畜生是坏料，最好的坏料还是坏料；但是骂你"连狗都不如"，那是夸你，狗的忠诚是人类难以企及的道德高度。好货里最差的还是好货，将你与狗相提并论，如此骂你就是"灰常"夸你。

有熟识者，一势利小人，见着有势力者，屁颠屁颠地跟着，如今依然如此，朋友背后评价：像条狗；我愤愤然唾一口："他也配？呸！册那。"忍不住爆粗口。

最近有流传个段子："生前对得起自己，身后对得起他人 —— 猪。"我不免技痒，仿此造句：“生前对得起主人，身后对得起良心 —— 狗。”狗，人类史上最漫长的朋友，伴随着人类进化而忠贞不渝。人类，幸亏还有狗这样的天然朋友，还有一个榜样昭示着我们、感动着我们，才不至于全体堕落，比如文天祥、比如岳飞，像狗一样地死心塌地地忠诚。

面子

上海人给各地人的印象："只重衣衫不重人。"上海人爱面子，衣服头等重要。旧上海，男人要在社会上混，有四句诀："一手好字，二两老酒，三句歪诗，四季衣裳"，四季衣裳是四要素并列之一！后来，离古典越远，文化元素越稀，现在，仅存"四季衣裳"一句，权重由四分之一升至百分之百。

解放前的上海是《七十二家房客》，大多数人家的标配：一室一户、一房一妻，室内可以无马桶，门后一定有衣架，回家先将衣服用衣架撑起来，撑出双肩造型来，像供着一个戴肩章的警察立在门后。衣架下一档的横杆，一折二，吊裤子，吊出笔笔挺的一条中线，这是上海人的回家作业、习惯动作。在上海做人，体面是第一要素，再穷，也要有出客服，往往只有一套，所以非常珍惜。亭子间里赤膊裤衩，出门则焕然一新，屋里膀爷，门外老爷，老爷的四季衣裳不仅"交关要紧"，而且"性命交关"。尤其女人，倘若出门衣裳没有晾干，宁可蜗在床上孵豆芽。有道是：不怕屋里天火烧，就怕路上跌一跤，全部家当都穿在身上，绸的缎的、金的银的、皮的布的，披在身上、套在脚上、挂在脖上、戴在手上，聚于一身，金身转世，一身行头，凸显"身价"。走在路上，仅从外表，你是无法判别三六九等，所以全国人民赞誉上海女人会穿，穿得合适、合身，看得出个性，看不出阶级，就像会化妆的，看得出男女，看不出年龄，阿婆像阿姨，阿姨像阿姐，阿姐像小姐，小姐像豆芽，嫩得来一掐一泡水。

四十年前，中国的城市化还停留在票据化，买粮凭粮票，买肉凭肉票，买布凭布票，上海人喜欢"翻行头"，布票最稀缺，于是上海人发明"假领子"：领子之下，既无左右袖，亦无前后爿，一对带子勒住双臂腋下，连半身坐像也遮不全。假领子的碎布都是服装厂边角料拼凑，购买不需要凭借布票，所以人人都有几个假领子。三月桃花四月柳，在公园里拍照，脱下罩衫，露出的不是衬衫，而是"杀头鬼"的假领子，那一定是上海人。裹上外套，里面没有衬衫，却冒出领圈，这就是上海人噱头：点到为止。领子有各种款式、各种颜色，天天翻行头，翻出无穷的花头，邻居在背后指指点点：虚头虚脑，生柴要虚，做人要实。但上海人穿衣打扮，往往虚虚实实，假领头就是“虚”。

旧上海是全国的工业中心、金融中心，也是文化中心，上海市民引经据典，不是作家、老板、银行家的警句，而是底层社会出身的杜月笙的名言：“人生下来好三碗面：情面、手面、场面。”三碗面，就是面子的三个侧面，如此才能“撑市面”。

面子比里子重要，罩衫比衬衫重要，衣衫俚称 “皮子”，偷衣服称“收皮子”，抢衣服称“剥皮子”。“好男一身毛，好女一身膘”，表面文章一定要做得好，LV卖的是看得见的大皮包，而不是皮夹子。阿玛尼畅销的是大衣，不是内衣。倘若专程去专卖店买阿玛尼背心短裤，只有一种人：贪官，怕曝光。上海人晓得了，斜眼撇嘴：“不是阿缺死，就是寿棺材！”时髦过皮短裤，从未时髦过皮质三角裤。只见过“扯虎皮，做大旗”的骗子，没听说过“扯虎皮，做内裤”的傻子。穿皮质三角裤，好比“锦衣夜行”，等于“化妆品涂屁股、嘴唇膏抹屁眼”，迭只脑子嘛，药水浸过、煤气熏过、机枪打过。

西服、皮鞋，品牌多。袜子、内裤，名牌少，因为看不见。投资内衣内裤，好比“瞎子开双眼皮 —— 浪费表情”！其实，体验最直接的，是贴肤的内衣内裤。至于大衣、西服，面子装饰，那是给“走过、路过、错过”的陌生人看的，给“不出钞票看白戏”的旁观者看的，买了炮仗放给人家听，属于“聪明的戆大”。

拗造型的道具：文化

拗造型的“拗”，就是拧过来、掰过去，逆势而为，不自然的做作。

上世纪80年代的上海，老朋友、老邻居、老同学见面，说的都是上海话，普通话仅限于科研院校、部队机关，偏偏有人开国语，特意要彰显出“洛阳鼻音儿”的文化背景，冒充五四新青年，冒充有文化，这就叫拗造型。

90年代，英语很小众，中文里夹着英语，好比“韭菜炒大葱”。更有甚者，嚷嚷要看原版电影，其实那个时代，译制片的配音比原版更有魅力，好比《共产党宣言》的开篇，中译本：“一个幽灵在欧洲游荡”，据德文专家说：译文比德文更精彩、更灿烂。但是坐在临街咖啡馆里，落地玻璃窗前，竖着读一本原版《共产党宣言》，好比到小剧场看话剧《切·格瓦拉》，这是一种先锋与时髦，象征着理想、青春。

现在上海独生子女的一代也三十多岁了，会普通话，会英国话，不太会上海话了，上海话又成为小众，自然成为时髦，“物以稀为贵”，于是有人穿着旗袍、脑门一侧缀一团红绸大花，立于南京东路上，面对面，说一口苏白的老上海话，完全是会乐里出来的做派，拗造型首先要怪！

怪的前提是少，少见多怪！大家游苏州，她游周庄；大家游周庄了，她游西藏了。大家游北美，她游北极了。大家游巴黎，她游欧洲小镇了。而且在微信中不断地撒图片，傲视群雄。大众看电影了，她看话剧了。大家看《茶馆》了，她看小剧场了。大众看小品了，她看评弹了。这让我想起北方农民的顺口溜：“我们刚吃上肉，他们改吃菜了；我们刚吃饱肚子，他们又开始减肥；我们刚进城，他们下乡了；我们刚舍得用手纸擦屁股，他们已经用手纸擦嘴了。”她就是要与大众撇清，就是要做前卫一小撮。

时下，创业很难，加班太累，炒股的人太多，那么就读书吧。看小说太长，看哲学太深，看经济书太俗，看历史书太乱，看音乐剧太贵，那么就读诗吧，诗，高贵而贫贱，正合适。脚跟垂直于脚掌，形成丁字步，然后挺胸吸肚提臀，傲立场中心，竖起硬壳大开本，一往情深地朗读排比句，以为诗歌就是排比句。

读书是生活方式，最随意的，席地而坐、随遇而安，坐在书桌前可以读，坐在地铁上可以读，坐在马桶上可以读。我等人时看书，林则徐的“制怒”挂在墙上，我的“制怒”捧在手上，依着梧桐树干、电线杆子，读书等人，累了，坐在街沿上也可以读，这就叫“割草不误逮兔子”，朋友迟到了，不仅不怒，反而欢喜：让粗汉多读了几页书。

不过话说回来，拗造型的工具，不是物质的，而是精神的，说明“唯心”了，不俗气了。还有高贵了、昂贵了，为穷书生扬眉吐气了。在奔驰房车里开读书会，在思南路地段的独栋别墅里开读书会，哪个更高贵、更昂贵？想起暴发户的任性名言：不要更好的，只要更贵，忍不住点个赞！

但是，但是，各区县、各街道的文化宫、文化馆呢？门面不是书店，而是肯德基，现在文化馆不是读书的，而是娱乐的、健身的，只剩下思南读书会，想起一句诗：一将功成万骨枯。

让心“大隐于市”的书房

躲在想象中，人是很奢侈的，比如大隐隐于市，好比白日做梦。

隐于野易，退休了，将上海老公房租给外地人，然后到不乏山水的低成本省份，比如江苏、江西，找个高铁站附近的乡下，一旦有病，或起鲈鱼莼菜之思，半日即归沪上，胜于终南捷径。租一套乡间的空巢农舍，最好有一个可以莳弄花草的竹篱庭院，从此寄情于山水之间，老公种菜，老婆烧菜；老公喝酒，老婆倒酒。闲下来，沿着河堤，穿过垂柳，夫妻双双，散散步，手牵着手，日复一日，走不到的落日远方，走不完的海枯石烂，走不尽的天老地荒。或有红尘远客，坐于厅中，篱内花草，帘外夕阳，“平生最爱夕阳晚，坐听雨声到黄昏”，山外山浮于檐下，溪中溪闻于耳旁，坐于诗情画意中，脑海里，忽然垂下一副撰集句联，那是悬于台静农书房的自撰：“燕子来时 更能消几番风雨；夕阳无语 最可惜一片江山。”竹篱茅舍，相对无言，悠然心会，妙处难与君说。选择隐于野，只是选择一种生活方式：远离尘嚣，只要你选择它，它就属于你。

隐于市则大不易，一个带庭院的独栋，在上海？不枕着亿元闲钱囊，做不成这一番巫山云雨黄粱梦。

身隐闹市，对布衣蔬食者而言，实乃“挟泰山以渡东海，非不为也，不能也”。不能身隐，却能心隐，选择“万人如海一身藏”，比如归隐书房，一间夜深人静，可以扪心自问的空间，一间可以与千载以上的前贤灵魂对话的空间，一间“风可以进、雨可以进，国王不可以进”的空间，这里储存着虽经历史潮汐筛选而岿然独存至今的经典名著，百年不败，千年不坏，我称之为钻石灵魂，高高在上，作壁上观，参差不齐地列队，接受你的检阅。

书房乃六合空间，四维的墙是书架，一维的地，堆着尚未上架的新书，还有一维悬空罩着你，为你遮日挡雨。书房有些乱，这样才可以放置随意，好比卧房，否则，不是套房，就是营房。规则就是束缚，随意才是舒服。想起一副对联，精彩落脚于下半阙：“会心不远，开门见山；随遇而安，因书为屋。”恨不能镌刻于门柱上，以铭以彰。

书房三件套：书桌、书架、书主人。主人只是访客，晚上归来，先在书房外的套间，掸落一身门外的尘埃，然后换上纯棉旧袄，坐下，铁壶煮茶，蓝火软、红汤润，自斟自饮，心入禅定。然后踱入书房，旧雨新知，济济一堂。随意抽下一本，就是一位高不可攀的大朋友，与你面晤“带你玩”。根据白天的心情，选择不同的作家，愤怒的鲁迅、促狭的张爱玲，送给白日里不敢言而敢怒的持戟阶前、门旁杂役。梁实秋幽默而满座春风，张中行儒雅而天高云淡，如皮影在墙，呵呵，久违了！现今世界可遇不可求的影子朋友！惊鸿一瞥，携与神游，羽化若仙。郑逸梅真能扯，让那么琐碎的无聊变得有趣，日常里的琐事，如砰然一声的钻石碎，裂变出那么多的棱面，如风乍起，吹皱一池，云移月出，波光粼粼，闪烁出一眼难收的水晶光泽。繁琐并非一地鸡毛，俗中见雅，俯首皆是。爱扯的徐铸成，笔下人物，多为那个时代中呼风唤雨的豪杰，翩然而至，挥之不去。还有长满岁月苔藓的智慧老人，比如温良恭俭让的孔子，正襟危坐牛哄哄的孟子，他们，都在时间隧道的那头，烛照永远，谆谆诲汝，凭借墨香，没有口臭。

我的书架上，没有金庸的武打，没有琼瑶的言情，更没有炒股之类金手指丛书。选书原则：可以看不懂，不能看不起。前者：商务印书馆的汉译名著，中华书局的典籍丛书；后者：《不是我教你诈》之类励志兼世故的心灵鸡汤。选千年畅销书，戒一时畅销书。选书与女人反其道：书求古旧，女贵年轻。选书如选食品，戒营养食品，哪怕偏方；吃有机植物，哪怕野菜，立志做精神方面的“有机人”、饮食方面的“植物人”。

我的书房外还有个套间，四堵墙挂满地图，我喜欢历史，依旧男孩心态，至今不失赤子之心，喜欢军事题材，扒脚梯在前，常常跨梯两侧，查阅方位，山之阳？水之阴？还忍不住用粗扁的彩色水笔勾出方位，一位大学同学，进门就大呼小叫：“哦哟，职业革命家！”

套间内外，凑全图书两字。

我到各地出差，公事之余，便是访书。每次去台湾，去重庆南路买散文集子，散文的出版社老板，往往是散文家，相比小说，台湾的散文光芒万丈。孤岛文坛，仿佛《古文观止》，只有散文，没有小说。也喜欢去牯岭街淘买旧书。迁台后，民国的军政权要，解甲后、下野后、落魄后，杂志《文学传记》就成了他们谈往忆旧的吐槽地，一部《文学传记》就成了上世纪前半段中国镜子，可补《文史汇编》阴阳缺。《文学传记》是文史月刊，贵在以当事人自叙，为照顾到读者的方方面面，一期之内，一人的谈往不能动辄下笔万言而不知止，往往付梓于连载。刊出后，有轰动效应的、有史料价值的，往往汇集成小册子，薄薄的，一人一册，我是一本本收，凑成一箱箱。随着旧人的渐渐离世，《传记文学》没落了，牯岭街没落了，曾经一百多家旧书店的牯岭街，一条长街，跨越好几条横叉路口，前年只剩下两爿旧书店，孤零零地夹在便当店、器材店之间，风雨飘摇，随时倒闭，什么叫没落，我算是看到了。意外地发现全套《文学传记》，漆皮封套，守店的弓背老人，八十多岁了，当年的四川娃娃兵，我不问贵贱，一气买下，成为镇库之宝，至今供若璧珍于我的书房，与全套的《文史汇编》并肩在上，队列左右，构成中国一部完整当代史。

入俗世、见俗人、做俗事，做有用而无聊的事。在外的你，只能选择“不得不”，外面的世界是一方很脏的床单，你在上面奔东奔西、忙进忙出，全为稻粱谋。书房里的你，才是真实的你，内心想做的你，不必阿谀奉承的你，一杯茶、一本书，息交以绝游，相忘于江湖。做一些无补于世的事，以满足自己的趣味，开心与否，与有用无关，与无用有缘。一天之内，争取一段休克时间，留给自己，做一些无用而有趣的事，书房就是搬砖的乡间茅舍。

书房，俗世中可以忘俗的雅舍，很脏的被单上，隔空支起一只可以熟睡的床。我的书房也有一副楹联，抄自底层社会的代表人物杜月笙的门联：“友天下士，读古人书”，我给它戴顶“鸭舌帽”，冒充横批：忘怀得失。

尘外归来时，闭户无俗事，这里安顿着向往，可以心隐了。

胡老板的治心术

旧中国报业，《申报》《新闻报》与《大公报》三鼎而立，其中，《大公报》最长寿，好个老神龟！

恕我不敬，我从未读过。《大公报》最辉煌的时候，余生也晚，未及躬逢；待我发蒙识字，《大公报》又迁址香港，内地人读不起；今天，订得起，因为外埠报纸，隔山饮水，断了念头。记得南京东路新华书店未翻修前，有“新闻出版”开架专柜，我常去那里找《大公报》的旧人回忆录，有必买，因为铸造《大公报》辉煌的灵魂人物——胡政之，是位管理奇才，他的一招一式，是我奉若神明的MBA经典案例。

1926年，胡政之与他的留日好友吴鼎昌、张季鸾信步走到天津的旭街，见废弃的《大公报》社址，三个文人都有报界从业经历，于是萌发同人办报之念。由银行经理吴鼎昌出资五万大洋，收购《大公报》。吴的魄力很大，准备五万元累赔三年，决心背水一战。

张季鸾主笔政，胡政之则全面管理，从进纸、印刷、广告、发行、人事，并轮值写评论，拳打脚踢、文武昆乱。张是典型的旧文人，凡事很超脱；胡则事必躬亲、秋毫必察，属于王安石之流的能臣。同事们背地里称他胡老板。

胡每天下午浏览本埠各报，遇有本报遗漏的新闻，则用朱笔勾出，然后放在该记者的桌上，让你自愧，不敢懈怠。他还有个很简便、低成本的业务进修法：每天下午四点到六点，编辑必须到报社细读本埠各报，既便于夜班选稿改稿，也是学人之长，补己之短，日积月累，收滴水穿石之功。若有人迟到，胡老板就坐在你的座椅上读报，待你到位后，他一声不响地离开。《大公报》薪水低，好用年轻人，但人才辈出，范长江、萧乾、杨刚、徐盈、彭子冈等皆出其门，雕石成玉。1941年《大公报》获美国密苏里新闻学院的奖章，此前，亚洲只有日本的《朝日新闻》独得，这不得不归功于胡老板的技巧与认真。

后来创办《文汇报》的徐铸成，当初在北师大读书时，被胡老板发现并延揽入《大公报》。有一段时间，受邵飘萍的遗霜——汤修慧之约，替《京报》发稿，也算帮孤儿寡母的忙，但是《大公报》记者不写外稿是一种职业操守。一天，胡找徐，说："听说夫人要分娩了，家里开销大了，我已关照会计科，从本月起，你的薪水改为一百元。"绝口不谈《京报》一事。徐是聪明哑巴吃饺子，肚里一清二楚，第二天就修书一封，敬谢不敏，回了差使。这就是胡老板的厉害。

胡老板深谙知识分子的脾气：自尊。所以，他维护你的面子，就是培养你的荣辱感，孔子说过"知耻近乎勇"，治人最高境界治心，胡老板善于治心。凡事他只是暗示，从不点破，让你知耻，这不仅是技巧，还要有胸襟与雅量。对自尊心极强的知识分子来讲，比大声训斥更有震撼力。

现在，一些企业的老板，甚至文化教育界的，大会小会，动辄以下岗要挟，以为法宝，实际是黔驴计穷。刺激员工，而不是用自尊激励。士可杀，不可辱。结果，知耻者拂袖而去，无耻者天天混，视工作为混饭吃的职业，而不是事业。那么，英雄去，狗熊留，一帮吃饭的撞钟和尚，损害者是自己。

曾经流行一本书《谁动了我的奶酪》，劝你跳槽觅高薪。有一家网络公司要裁人，老板不明说，而是发给每人一本《谁动了我的奶酪》，这叫"豁翎子"（沪上俚语：暗示），颇得胡老板遗脉真髓。

这倒让我想起中学往事。那时时髦工宣队上讲台，一天，一工宣队员来上政治课，偏偏我在的班是体育班，上课一片闹哄哄，该工宣队员企图借人头立威，对着一位绰号"老流氓"的大声训斥，这个战术叫"射人先射马，擒贼先擒王"。"老流氓"不服帖，抓住他的口音反击，全班拍桌子蹬地板，这壶水算开了。下课后，工宣队员愤愤然，扬言"我的腰板子是钢筋水泥，不是豆腐渣滓"，一口一句方言，令人发噱。我想替他找个下坡，劝他要给人面子，先"豁令子"，让顽皮学生买你面子而自律。上课后，"老流氓"依然窃窃私语，工宣队员走到他的身边，说"我豁翎子给你了"，这回全班笑得更欢。画虎不成反类犬。

要学胡老板这一手，非聪明人不可。

汉字误读

密密麻麻的汉字，可以像魔方一样随意组合，一不小心就跌入了陷阱。

旧上海的布，容易掉色，如果说黑的变白了，这有些夸张，有些颠倒黑白，但白的洗得淡了，却是镜子般的真实。一日某布行推出蓝士林布，挂出的招贴广告："包不褪色"。上海人一见"包"字就着魔，就像痴汉吞下一贴铁砣定心丸。买布者见了广告就人来疯，排队买布,回家一洗，蓝罩衫的料只能做白衬衫了，于是怒冲冲找到布行老板，赔！因为"包不褪色"有言在先。老板笑嘻嘻地要求重读一遍，从右到左："色褪不包"，白纸黑字，意思全反了。还说从左到右是五四以后新文化句读，从右到左才是厅堂匾额的规矩。说得买者一点文化感觉都没有。幼时听罢这个故事，不寒而栗，感到知识的阴险与恐惧。

李鸿章是起草公文的圣手，连曾国藩也另眼相待。早年入曾府，后独树淮军一帜，有部将无能，李依旧保荐，将"屡战屡败"倒置成"屡败屡战"。前者百无一用，后者是坚韧不拔。称老李是老了没用了，称李老是前辈是尊重，掉个方向，差着天地呢。

在靠近中山南二路的宛平路上，二十年前有一家五金店，门面很宽，自然顶在头上的招牌也很大："上海第十五金店"，初看以为"第十五""金店"，看了橱窗里的白铁工具，才知是"第十/五金店"。某高校分房，一教师分得一间，是西宝兴路上的旧宅，他愤愤然，在签字单上写道："此屋安能居住"，这是拒绝，分房组长也是个副教授，很风趣，一个逗号，成了同意："此屋安，能居住"，看你如何句读了。有句围墙上的禁止标语，"过路人等不得在此小便"，加了标点意思就反了："过路人，等不得，在此小便"，成了便民服务的广告了。上古有言"夔一足"，夔是一只脚的怪物，到了"不言怪、力、乱、神"的孔子笔下，"夔一，足"，意思变了：夔这样的坏人一个就足够了。句读可以篡改历史。读中学时，正值"文革"，时兴工宣队上讲台，毛主席的《实践论》文字很朴实，开首发问："人的正确思想是从哪里来的，是从天上掉下来的吗？"此兄照本宣科，居然很肯定地读成"是从天上掉下来的！"原来疑问词"吗？"

印在反面，疑问成了肯定，唯物成了唯心。在当时单凭这句话，就是现行反革命，足以毁了你一家！不同的断句表达不同的意思。“清风不识字，何必乱翻书”，这位仁兄！

上海有个借贷案例，甲欠乙五万元，留欠条“还欠款五万元”。二年后甲未还，乙要其续签，甲翻脸不认账，说还了。乙出示欠条，振振有辞：“还欠款五万元。”甲说：“‘还’就是归还的‘还’”，实际上此处“还”读“hai”，不读“huan”，是“依然”的意思，不是动词，是副词。乙是个大户，直爽的粗人，当场撕了欠条，说：“算我路道粗，认得侬。”五万元在他剪了一趟羊毛，若在平头百姓，就是剥了一层羊皮。官司是输定了，输就输在读音上。

汉字是马虎不得的。在酒席上介绍朋友身价：百万富翁。若是美元那就搞大了，兑换成人民币还要扩大八倍数字以上；若是英镑，更牛皮；若是日元，那就缩水十倍，不过普通市民，买套二手房；若是卢布里拉，那就是贫下中农了，属于五保户或者脱贫帮困对象了。数词重要，量词更关键；数词有时很含糊，须配量词才能限定，才知深浅。最怕只有数词的新闻：“台湾地区瓶装水销售每年达2亿”，是新台币还是美元英镑还是瓶？一头雾水莫名其妙。看官们！借款千万写清币种，人民币与里拉不是一回事。

幼时偷读《神童诗》，“别人怀宝剑，我有笔如刀”，现在我算读懂了，剑能伤人，笔下字却置你于死地，不商量！无还招！古人畏惧地称之为“刀笔吏”。

上海休闲Bar

突然，上海开始流行各种特色的"Bar"，最早的是酒吧，最多的是茶吧，最少的是玩具吧，最女性主义的是布吧，最现代主义的是陶吧，最虚无缥缈的是氧吧，最实实惠惠的是浴吧，比如云都浴场之类，你说它是澡堂而不是浴吧，那你就是有些"巴"了（沪语：不谙市面，不领行情的乡下人之谓也）。38元你可以光着身子躺在荧光灯下，号称日光浴；穿着裤衩看旧电影听老唱片，号称经典怀旧；你可以腰系布带，宽服大袖席地而坐下围棋，不说你是魏晋风度也是姿三四郎……反正可以让你消磨一个晚上的空间，统统都是"吧"，吧里供奉的都是下班后的"贤（闲人）"，而非退休后的"圣（剩）人"。

衡山路是上海第一吧街，一个个吧像阶级兄弟一样，手挽手粘连在一起，挤满了街的这一边。每个吧的玻璃，是窗也是墙。黄昏之后，窗越来越亮，衡山路仿佛是镂空似的，水晶一般，玲珑剔透。那里洋溢着青春与优雅。从上海各处的写字楼里涌出来的年轻人，又从地铁中涌出来，从出租车里涌出来，到这里来欢度日末、周末。

中国人最馋，不管什么吧，都有饮料啤酒小点心；上海人最改良，不管什么吧，都可以打牌甚至喧哗；白领最喜欢咖啡式的情调，不管什么吧，都要有一缕若即若离的淡淡哀愁的背景音乐，在你的耳畔身后，像五月校园的晚风飘来荡去，拂去你心头莫名的惆怅。不管什么吧，不管什么年龄的男人女人，到这里谈天谈地say you say me，就是不会在此谈生意，就好比上海大剧院绝不会演出天王演唱会、永和豆浆店绝不会宴请佳宾。

上海各种吧，有点似是而非。内容是一样的——闲，但形式是截然不同的，就像一个时装模特儿展示会，服饰是千变万化的。酒吧依然坚持正统的绅士，小木屋里巴台高凳啤酒桶；茶吧是明清徽州民居的外壳，短舌墨檐少不了，当然还有些戊戌变法，比如木桌两侧是秋千，花格窗外是落地玻璃；咖啡吧则是西洋茶馆店，小方格台布是少不了的；浴吧是中式混堂与西式短距泳池的取长补短，谁也不像，但谁也不觉得怪，因为它是杂种。

家里躺着是休息，吧里坐着是休闲；休息是农民们的休闲，休闲是白领们的休息；休息是因为太忙，休闲是因为太空。人类一周的空闲时间，农业时代只有17%，18世纪的机器时代，增加到23%，现在是电器化时代，脏了有甩干的洗衣机，饿了有一转即食的微波炉，出门有钱出租，还有周末两天、一年的带薪休假，于是人们越来越闲，在职人员有43%的空闲。到了电脑时代，出现网上购物、家庭办公，人类一直是社会动物，不可能蜕化为家庭静物，于是，出现了各式各样的吧。他们交往、他们倾诉、他们一起欢乐地消磨时光，每个人的生活不一定都具有意义，但可以富有趣味。吧，是休闲时代的产物。

什么是休闲？将无聊的时间变为有趣的空间。比如时下各类的Bar，可以统统称之为休闲Bar。

涮医生

上海人真客气，看病称“看医生”，一个“看”，好比走亲戚。但我小时候最怕看医生，看医生等于寻棺材睏 —— 免不了打针。刽子手是护士，但指使者是医生。打针前的消毒，揭开了恐惧的序幕，凉丝丝的，好比枪毙巨（沪语：鬼读巨，小鬼读小巨头）吃枪毙，一枪响起，顿时大小便失禁，但子弹假的。第二枪又是假的，“枪毙巨”抱住刽子手的脚，叠声高呼：“快杀了我吧，吓死我了。”死，固然最可怕，更可怕的是死不了，还得死，让你慢慢体验死亡前的临界状态，好比中年中风，脑子很清楚，却半身不遂。打针前消炎也如此：无限清醒地面对无限恐惧，如同撕票前，听电话里讨价还价。一针刺入皮下，鼓起直直的一枚针管，等于开始撕票啦，接着，轻轻地往上挑起一纸皮，疼，还得相持一阵子，砍头恨刀钝，但钝刀砍头，等于锯木。小时候不肯穿棉袄，不肯睡午觉，恐吓的套话：“再不听闲话，叫医生来，打针针。”在孩子眼里，医生是虎，妈妈们是狐，狐假虎威的狐。

成年了才知道，看什么科的医生，证明你到什么年龄。“儿童时代”看外科，多头破血流，去的次数越多，流氓做得越大。到了看皮肤科医生，往往是“年轻一代”，二十偏上。比如“足下登”的脚癣、不要脸的骚粒籽（青春痘）、浑身痒的风疹块，还有不名誉的“暗毛病”。看前列腺医生，可能过了半百华诞。外科转内科，廉颇老矣，过了六十。由内科升华到心血管科，七十以上。从华山医院（皮肤科见长）过度到中山医院（心肝宝贝），英雄暮年，垂垂老矣。到了肺科医院，非老慢支，即肺气肿，不胖也喘。到了肿瘤医院，这辈子基本上就算完了，医生的口头禅：“伊想吃啥就拨伊吃啥”，这叫“临终关怀”。

人生三阶段，离不开“三老”：少年老师、中年老板、老年老婆，但一辈子离不开医生。没有医生，一不小心，停格在镜框里就出不来了。

上海人喜欢斤斤计较，但有两种营生不能讨价还价：请老师，看医生，这是做上海人的规矩。开刀砍价八折？是否刀下留二分呢？这叫报应 —— 一报还一报，想想吓出一身汗！上海滩，只听说“眼睛打八折”，没听说看病打八折。

医生天天接触病原体，既是最龌龊的行业，也是最清高的行业：悬壶济世，不党不卖，靠本事吃饭。自视甚高：“不为良相，便为良医。”自诩仁人之术，号称普渡众生，是人间菩萨；民间的说法：“妙手回春”，上帝看不见的手。连开国元帅都怕三分，陈毅半开玩笑地揶揄：“杀人不见血。”

现在的三甲医院，新聘的都是博士，多有留学欧美的背景，练手的机会远高于国外同行。在欧美，一个外科医生，一周才有几台手术，在上海，一天到晚都是手术，据说都需要在家练俯卧撑，以保持体力与腕力。手术室里，一个主刀医生同时操作几台手术，从早到晚，流水线操作，好比菜场里划鳝丝，熟能生巧。据说人的胖瘦决定腹部脂肪厚薄，一刀下去，太深了伤了内脏，太浅了还要补刀。三甲医院的医生看看你的脸，就知道你的皮有多厚，哪怕软下腹，毋须按一按，一刀下去，候分克数，“一刀准”！就像菜场里卖肉的。

在美国经商的华侨，尤其温州人，一有病就跑上海，理由很简单：都是欧美系的医生，但比欧美同行熟练，尤其快！三下五除二，手到病除。在欧美，看病排队，往往“小病变大病，大病变死病”，有的病实在等不起。南汇头桥一家具老板的儿子，留学美国，胰腺炎发作，因为排队而痛死。为了香火，小三上位，有了新一代。但大老婆住家供着：离婚不离家，祭神如神在。直到现在，说到美国就想哭。最喜欢唱的歌：《把根留住》，像首太监的咏叹调。

在中国，性价比最高的，不是民工，而是医生：“最优秀的医生，最廉价的费用”，越优秀越廉价。街道医院，看病不要钱；区级医院，普通门诊16元，有劳保只需3元，搭脉的可能是复旦交大毕业的博士，一碗清汤面也不止这个价，博士就是卖阳春面的。三甲医院的专家门诊：起板副教授级别，开价不过38元，一碗浇头面的价格，看病就是下面，医院就是卖面的，普通门诊与专家门诊，光面与浇头而已。特许门诊：教授级别，国内名医：300元左右。仁济医院的国际特许门诊，500元，大牌医生坐着等你，深入浅出地解释，不厌其烦地回答。都是一对一，家教“一对一”，起板价700元，不过一个三流大学出身，与留学欧美的博士医生，一个层面吗？在上海，到三甲医院看病，可以实现“癞蛤蟆可以吃到天鹅肉”的梦想。一个普通门诊，自费十几元，一份露天摊的盒饭价钱，可能欧美留学的教授为你问诊把脉，还用中国话，怕你听不懂，上海医生，一只被严重低估的股票。读大学时，外语系男生太少，猪头肉当叉烧卖。踏入社会后，才知道医生之廉价，钻石当玻璃卖。

生意人讲究性价比，500元不到70美元，在美国能买什么？一趟从机场到家的出租车票，到中国可以看顶级医生！在美国看病，如果缴纳社保，的确看病免费，但必须等，为了七十多美元，你肯等吗？等得起吗？你敢吗？当然选择飞到上海来看病，捎带看父母、看兄弟、看朋友、看亲戚，这叫拉低平均值。

“一人做保险，全家不要脸”。医生则相反，“一人从医，全家借光”。兄弟父母不用说，亲戚朋友不用说，连邻居也会找你。更过分的，朋友的朋友也会来找你。妇产科医生，往往半夜被叫起，因为朋友的朋友的夫人临盆了，作为朋友的朋友，必须身临第一线，冲锋陷阵、操刀现场，不是义薄云天，而是职业操守，职分所在。

过去，有骂娘的、打老婆的、斗领导的，甚至反皇帝的，却没有打医生的。今天，医生不但被打，而且被打死，不得不自卫，上班戴钢盔的。开刀前还要与病人签合同，以免病人及家属无理取闹。

现在都市人，不敢骂老婆，怕离婚；不敢骂老板，怕丢饭碗；不敢骂保姆，怕辞工；不敢骂交警，怕妨碍公务罪。这个社会，可以欺凌的只剩下两个：骂保安、打医生，医生成为弱势群体了。

焦点访谈报道：三明市实现了患者、医院、医生和政府多方共赢，朋友圈里马上升上一条帖子：老子第一次听说打麻将四个人都赢了！我的理解：既然是麻将，必有一输，那一定是医生。

医生成了弱势群体，更像涮羊肉，浸在锅心沸煮，贴着锅沿煎熬，悬在空中任人吹毛求疵，你想怎么涮就怎么涮。

听医生 说人话

医生与教师都属于服务业，都是万人求的行当。

教师，面对的是学生，知识含量暂时比他低，所以居高临下，自我感觉良好，久而久之，口气不免高人一等，不知不觉变成圣人，引经据典是常态，常说些“说得到、做不到”的豪言壮语。比如“人生自古谁无死，留取丹心照汗青”，境界太高，行动难免跟不上，大言欺人、豪言欺世，有些假仁假义假惺惺，属于“语言的巨人、行动的矮子”。什么叫好为人师？板着脸，教训人，尤其面对成绩不佳者，说话有口臭！还美其名曰 “都是为你们好”。对、对、对，打你就是爱你，骂你就是喜欢你，励志语成了磨刀砖：挫人！课堂成了砧墩板，学生成了小鲜肉，老师成为刀斧手。家长会好比聚餐会，围着涮羊肉，差生的家长就是被涮的主辅料，简直就是一种炼狱。当着众人的面，指着你：别输在起跑线上！其实胜利永远立在终点线，有道是：“谁笑到最后，谁笑得最好！”赢在起点，往往“抢跑”，好比闯红灯，被撞死的概率极高，一旦一语成谶呢？但不能反驳，因为标准答案在老师手上，学校的标准答案是分数，不是真理。在老师眼里，分数决定一切，标准答案高于真理。在学校里，只有答案，没有真理。教师就是一款日本车：霸道！

医生则相反，再不吉祥的话，也要裹一层糖衣，倘若被查出恶毛病，医生会转弯抹角地劝慰亲属：“伊想吃啥就吃啥”，听到这句话，侬就走远了，但话说得甜蜜蜜。如果告诫你：这个不能吃、那个不能吃，说明还有救。说甜的不能吃，说明侬有糖尿病了，但还想尽办法替你找甜食替代品。医生的话，好比街头瓜摊的“一爿纸板箱”广告：“伊丽莎白（兰州玉兰瓜），缺点太甜”！医生卖的是糖精片，犯的是“美丽的错误”。

我吃开口饭，不幸被查出声带小结，有恶性转变的可能，赶紧挂了杨浦区中心医院钱医生的专家门诊，他扳下窥视镜，窥视良久，一句话两个字：禁声。我问：会好吗？他翻上窥视镜：小结好比老茧，不工作了，茧就消了。一听就明白。

眼科医生在非专业媒体上谈白内障：“眼睛晶体中的蛋白质逐渐变性聚拢在一起，形成白色云雾状蛋白块，这就是白内障，就好比透明的蛋清，高温加热后变成蛋白，这就叫白内障。”蛋清变蛋白，连小“巨”都听得懂，这就叫“老句”（内行）。

我看过上世纪40年代的一篇医学报道，导语清澈见底：“子宫癌不是纵欲的结果，而是生锈的原因，昨天一位十四岁的女孩查出子宫癌。”在此之前，子宫癌多见于新女性与“性”女性，所以有“纵欲”一说，相当于老师易患声带小结，现在发现于“十四岁女孩”身上，引用“生锈”一词。

即便医学教材，也喜用俗字俗语家常话：“粟粒、米粒、赤豆、豌豆、蚕豆、鸡蛋、鹅蛋、鸽蛋……般大小”，一看就知道瘤子的现状，比X光片形象更直观。形容硬度的字眼：“脑髓、橡皮、木板、软骨、铁……般硬”。形容形状：“丘状、花坛状、火山口状、角状、钉状、鱼鳞状、皮革状”。高深艰涩的专业知识，因深入浅出而通俗易懂，医生的目的就是让外行看懂。但是到了业务会议上，就是术语连篇，这叫逢人说人话、逢鬼说鬼话。

医生工作在民间，不是底层，也是基层，天天与老百姓打交道，上海新近俚语：混在人堆里！年长日久，耳闻目染，不能不俗，因为他说给病人听，说给不懂医学原理的大众听。

民国时代有两个大文豪都是医科出身：鲁迅、郭沫若，世界短篇小说三杰之一的契诃夫也是医科出身。诗歌要雅，小说须俗。俗，是基础。

因入世而通俗，我喜欢看医生写的忆旧文章，笔下涉世不避俗。民国时代名中医 —— 陈存仁，写了系列忆旧文章：《抗战时代生活史》《银元时代生活史》，看看书名就知道多么的世俗。《银元时代生活史》里都是以生活场景为背景的叙述。我自以为：历史生活在经济地盘上，没有经济背景的历史，就是脱水的鱼，死白鱼一条！学者写的历史，往往只有政治、文化、制度，里面的人物也是高蹈出世、不食人间烟火，经济细节与背景几乎是零，所以得出的结论，给人的感觉：像雾像雨又像风，永远一头雾水。论文里的人物，仿佛石头里蹦出来的，是石膏蜡像：可敬不可亲。读了陈存仁的《银元时代生活史》，知道了当时的银元与银两的比例，银元与铜元的比价，从而可以确认当年社会各界的收入差异与购买力，再看同时代的上海史，很多社会现象恍然大悟、迎刃而解，从中读到比经济史专著更生动活泼的生活场面，就像一幅幅连环风俗画。

叶曙也是台湾病理学一代名医，坐镇台湾大学医学院病理科主任位置23

年，写的《闲话台大四十年》，不厌其烦地写了当时教授们的薪金、津贴，甚至他厌恶的、有碍专业研究的红包，也写了不得免俗的社会背景，因为薪金低廉，所以取不伤廉。再看看今天，历史惊人地相似！简直是轮回。他写出了因果关系，这就是人话。

忽然想起时下的文艺评论，名词怪异，文字深奥，连我这个中文系毕业的文学爱好者兼码字爱好者也看不懂，不仅鬼话连篇，可笑的是连鬼都听不懂，只有“天晓得”！

学者写的是知识，医生写的是常识。常识可以指导生活；知识只是假设，可以指导论文，未必能指导生活。所以看医生的文字，不会成为书呆子。

医生笔下有烟火味，无头巾味；有市井气，无烟霞气，可以祛呆气、酸胖气，一贴“祛痰灵”。

游笔到此，又想起了王明之流。

中秋的礼品

又到了中秋节，手机嘟嘟嘟不停地鸣叫，高密度的骚扰开始了——贺信纷至沓来，只有发件人的大名，没有收件人的姓名，“无头鬼”前赴后继、应接不暇。不是房产中介，就是金融中介，既有半生不熟的点头朋友，也有饭局上的泛泛之交，这样的贺信全是敷衍，拇指一按，群发寄送，散弹打麻雀，有方向、无聚焦，铺天盖地，有枣一竿子，无枣也是一竿子，凡存录在手机里的人无一幸免，站着被刀砍、躺着被马踩，苏北话：“嘛名其妙”，骚扰铃声终日不息，旁人还暗生醋意：侬算路道粗煞忒了。

没有姓名的问候，就像在人群里呼你：“喂”，是唤你呢还是唤狗呢，是喊你呢还是骂你呢，这样的贺信我一概不回。

节日祝贺短信，起码也算“秀才人情”，也是礼品，属于精神层面，既然是礼品，那么礼品的属性是什么呢？独一无二。好比女人对你笑笑，那是礼貌，切勿自作多情，否则有花痴之嫌。如果冲着你发嗲，那就是专属对你，此时先要过滤一下毛主席语录：“没有无缘无故的爱，也没有无缘无故的恨。”中介之类的问候，不是“小十三”发情，而是小姐发嗲，像刀鱼，更像甲鱼：“咬住青山不放松。”

冠以收件者的尊姓大名，那就是专属对你，这样的问候你一定要一一回复，回信也要冠以对方的尊姓大名，这个比“亲爱的”“先生、太太”尊贵得多，因为针对你，独一无二的，属于唯一，当然稀缺，这就是礼品的属性。

礼品首先针对性，其次稀缺性，绝不是昂贵。现在的礼品，往往是“三斤核桃四斤壳”，形式远大于内容，最极端的是中秋月饼，收到奢华的礼盒，里面的“甜大饼”往往不敢吃，怕因此沾上糖尿病，成为“堂兄弟”，结果呢，甜大饼想吃不敢吃，包装盒该扔舍不得扔，陷入哈姆雷特的矛盾中：“活下去还是不活”，真正急煞老百姓。

美女不需要装扮的，黄金不需要装饰的，代表真情的礼品毋须包装，因为稀缺。

每到中秋，我总是给年长于我的老朋友们送鸭，不仅“裸”，而且“老”，三年老鸭，脚底板层层老茧皮。送鸭为什么一定要满三年？源于一则段子。

曾经有人请教诗人：如果你必须待在一个小岛上度过余生，你会带哪三样东西？诗人说：诗集、美女、葡萄酒。朋友又问：如果你只能带两样东西，你将舍弃哪一样？“诗集”，诗人不暇思索地回答；朋友又问：如果只能带一样，你将选择哪一样？诗人想了许久，说：那就要看她们的年份了。

对，年份很重要，小姐年轻值钱，鸭子年老值钱。市面上三年老鸭很少，少得几乎没有，因为得不偿失。一年鸭与三年鸭体型上分辨不出，但养育成本截然不同。一只鸭一天的成本五毛，一年180元，三年应该540元，如果鸭蛋腌得红而出油，能够收回一部分成本，所以卖一年鸭，性价比最高，可惜一煮即破皮。三年鸭则久煮“肉烂骨酥不破皮”，筷子从臀部挑起一层皮，挟持往颈部卷去，直至长颈，最后连头皮揭下，一张整皮，就像双臂交叉脱体恤衫，从腹下褪起，从头部套出一件体恤衫。那张鸭皮特别的肥厚，塞入口中，满满的肥腴而香，还有点儿回甘。一年鸭的皮，薄薄的一层纸，塞入口中，一片云雾而已。这就是三年鸭与一年鸭的差异。

几年前我与一位钉子老板在崇明合股承包农场，养殖鸡鸭。我的理念：买得到的是产品，买不到的是礼品，我们只做礼品，不做产品。为了让鸭子变成礼品，劈地种植玉米，请人挖鱼塘，我们的鸭子，素食是玉米，荤腥是鱼虾，不吃鱼粉饲料，所以煮汤没有鱼腥味，力图与所谓有机鸭区分开来。还有不到三年不准出栏，确保久煮“肉烂骨酥皮不破”的特色，制造稀缺性。为此我请来一批做金融的项目经理、实业界的小老板们众筹，每人十万，只要做生意的都出得起。他们都是送礼大户，有了自己的农场，就有了独一无二的稀缺性，就有了“买不到的”礼品，送人就有面子了。中秋节满大街都是月饼，月饼就是产品，毫无个性，毫无记忆点。我们送老鸭配芋艿，鸭子是自己养的，芋艿是自己种的，还有更绝的一手，从不供应市场，只在众筹者之间流转，保持稀缺性，保持神秘性，故事就有悬念了。平时一月一次小礼盒：草蛋。冬天、秋天以鸡蛋为主，夏天、秋天以咸鸭蛋为主。月月送，让你忘不了；市场上没有，让你月月期待。一年一个客户的礼品不过一千元，送一百个客户，不过十万，包括蔬菜。

中秋，一个送药罐头 —— 高糖且重油的月饼，一个送营养品 —— 非化学的，乃生物的。三年老鸭赛人参，这就是性价比，就是竞争力。到了中秋节，客户的内助们就想起你，想起你的芋艿炖老鸭，这就是礼品的记忆点。

我们既养鸭也养鸡，中秋送鸭，过年送鸡，按节气分类送，男女能不能分类送呢？比如，男的送鸭，女的送鸡，这就有点儿搓人啦。服务的精细化有些过了，好比三毛学生意，为了留住客人，送上一张报纸，递上香烟，万一还要走呢，三毛自作聪明：送一客小笼包子，师傅划上一巴掌后脑勺，这就叫过分。我们送鸡送鸭的服务原则，宜粗不宜细：没有男女差别，只有年份差异。

性情

六十以后

为了核实几个细节，最近去社科院出版社找张晓栋，一见面他握着我的手："上次见面七年了"，我不敢相信，总觉得三四年前，在他的办公室里，坐在他的办公桌一角，与他侃侃而谈，大庭广众，旁若无人。他是学考古专业的，考证时间讲究证据，有书为证："上次来送你一本书《洋泾浜：上海往事》，你来的时候刚出版，这次送你这本《五马路：从外滩到跑马厅》，也是刚出版，正好七年。"

七年时间一晃而过，不寒而栗：还有几个七年啊！

过了五十，时间一闪一闪的。接个电话，一个上午没了；一闭眼，一个晚上没了；过了周三，这一周快完了。忽然想起一个人，掐指一算，十年没了。过了五十，仿佛进入时光隧道，生活在闪电战中。年轻时候，只有好朋友，到了这个年龄，才有"老"朋友，一不见就老了。再见面，一拍脑袋拍出句老生常谈："哦哟，十几年没见了"，提起最后一次见面，还是上个世纪的事儿了。"访旧半为鬼，惊呼热中肠"，年轻时读老杜这首诗，莫名其妙，今天再读，备感亲切，说明廉颇老矣。

男人最大的自信：不觉老，不服老。因为走起路来，依旧虎虎生风。说起话来依旧"哐哐响"。一天我在超市看到一盒三十年前使用过的雪花膏：NIVEA。买回家，擦在脸上特别的涩，但三十年前，抹脸很滑的呀！配方没变呀，哦，人变了，三十岁的脸皮是小牛皮，水嫩溢脂，像发芽豆，一揿一泡水。抹点油，不仅滑，而且亮。六十岁时，一脸褶子，大寨梯田，一张老脸，马粪草纸，吸油，自然涩，擦面油如逆鳞搓，小牛皮变水牛皮，你早已立秋入冬啦！

到了这个年龄，身边谈论养生、补品、偏方的人多了，我则相反，喜欢创新生活方式。

比如赴约，三十年前，酒桌上见；二十年前，茶坊里见；近十年，屋里厢见。上海词典新爆一款：最好的朋友叫家庭朋友。到屋里厢吃"有机蔬宴"。我的园子，不小资，大实惠，所以不养花，只种菜：露天蔬菜、季节蔬菜、鸟粪蔬菜、尿粪蔬菜，凑成“四菜”一汤的四菜，兼容四种品质，这一桌都是“活杀”，好比活杀三黄鸡香。切的手感：脆。菜的品种：矮脚虎之流，比如黄渡矮脚菜、塌窠菜、小菠菜。这一桌“有机蔬宴”，属于“低碳生活、低调奢华”，因为“有钞票，无处买”。

倘若约我谈事，我的建议：立谈！换上运动鞋，在我家小区，绕着高尔夫球场，那里没有红绿灯阻扰，没有小轿车的干扰，健身性散步，最忌走走停停，武功打折。没有光污染，没有噪音污染，没有尾气污染，边走边谈，一圈一小时，一个小时四公里以上，谈不拢，再兜一圈，出了一身汗，说了一堆话，该谈的谈了，该办的也办了，既娱情，又健身，割草不误逮兔子。散步后的两大感觉：饿了，感觉在燃脂，这是在减肥；累了，来个婴儿睡，不起夜，最好的安眠药。

年岁上去了，越来越喜欢现代史的军政要员的回忆录，窥测百年中国的转型期中的伟人们，同时从中寻觅贵人升达的“命”之迹象，以安慰有运无命的我。最近看《传记文学》丛书、丛刊的小册子，发觉冯玉祥的西北军不仅肯吃苦、能打仗，而且特别讲究袍泽情谊。《刘汝明回忆录》的最后部分，谈到晚年的生活方式：“我、仰之（冯治安）、绍文（秦德纯）在台北先后退役，在中和乡找了一块地皮，打算住在一起……我和仰之对门而居，仰之每日傍晚必站在门口，大声叫我出来聊天。”刘汝明、冯治安、秦德纯都是二十九军宋哲元的部下，“七七”卢沟桥事变，首先奋起抗击日军的是二十九军，冯治安三十七师师长，刘汝明一四三师师长，秦德纯是宋哲元的副手，都是卢沟桥事变时亲临前线的高级将领，到了晚年，依旧对门而居，“每日傍晚必站在门口”，可能耳朵还有些背了，所以“大声叫我出来聊天”，军人爽直，老翁憨态，跃出纸面，什么叫袍泽兄弟？请看这两句。

晚年，老友们能够对门而居，人生仙境：首先要活到那么老，没有半途而废；其次老婆健在，可以服侍得干干净净；其三要有可以聚在一起的院落，那需要早年的规划：“他年预卜买邻钱”，最好还有一个小院，流萤扑灯的夏夜，一张小矮桌，几把小凳子，隔着桌子，喝点小酒，谈点往事，谈到无话可谈，来来来！下盘棋，将老将钉死不动，任你左冲右杀，老将自岿然不动，老人的自负跃然纸上。仙哉幻境，岂不快哉！扣舷独啸，任意东西，不知今夕何夕，晚年就是不系之舟，贵在不羁两字。

看到老友对门片段，不由自主地想起周总理早年七律：“相逢萍水亦前缘，负笈津门岂偶然。扪虱倾谈惊四座，持螯下酒话当年。险夷不变应尝胆，道义争担敢息肩。待得归农功满日，他年预卜买邻钱。”（《送蓬仙兄返里有感》）最后一句，就是周总理年轻时对晚年生活的朦胧规划，美国总统里根接着此句，在复旦大学借题发挥：“让我们像近邻一样生活在一起吧。” “与汝偕老”，临近花甲，才知道还可以这样解读。

老年幸福四要素：“一间老屋、一点老本、一个老伴、一个老友。”这四要素还需要老可以对门而居的院落，这个院落就是一个平台，好比航空母舰，让飞机可以群聚，否则幸福四要素都是浮云，风吹云散去，因为你还是一粒原子。

什么是自由？首先是选择的自由。退休了，才能选择喜欢的生活方式。

减肥好比刀削面

上海的商品房开始于1997年，第一批多是六层，没有电梯，我是第一批吃蟹的，属于飞夺泸定桥的十八勇士。我买在顶楼，可以享受别墅的“半福”——顶天不立地，至少避免了公房一害：早上，楼上人家的厕所正坐在你的头上，一冲水，倾盆而下，听觉中，就是冲你而来，幻觉中，就像坐在你头上，撒水撒污，太欺负人了。

我不得不选在顶楼，做巢氏鸟人。却害了访客，我的朋友中，经商的多，读书的少。自然，胡传魁多，刁德一少，也就是说：胖的多、瘦的少，有的肚子凸出，若十月怀胎，爬到六楼，诉苦道：“我是端着一脸盆的肉上了你家的六楼。”看到朋友的气喘吁吁，我开始对胖产生恐惧。那时我的生意开始发达了，身体也开始发福了，慢慢地，牛腩有了，系鞋带有些喘了，有句俚语：“说你胖，你就喘”，斯言不谬！

于是，我一握拳头一锤桌子，决定减肥。直到今天，我可以非常骄傲地说：“减肥很容易，我已经减了十几次了。”

先是蒸桑拿，坐在木条凳上，赤身裸体就像一团白面粉，搁在笼架上，蒸桑拿好比蒸人肉馒头，小木房就像鸽笼，昏天黑地像狗熊，一脸通红出来，站在磅秤上，穿着短裤属于毛重，脱光了才是净重。低头一看，哇塞，与进来时过秤的分量，少了两三斤，兴奋不已，减肥真容易，结果又上楼吃夜宵了。过了一段时间，蹭蹭蹭分量上去了，原来，减掉的是水分，增加的是肥肉，桑拿减肥原来是脱水运动。

听媒体渲染：爬楼梯可以减肥，我也盲目仿效，有过之无不及。先是两格台阶一蹭，后来三格台阶一步，前掌踮着地，蹭蹭蹭一步三台阶跨，一口气旋上六楼，头不晕眼不花。中学时代我是田径运动员，现在拎着一身赘肉，好比当年负重压腿，越跨越快，越快越兴奋，像现在的房价，蹭蹭蹭地蹿上去，赛过猴子攀树，只听得膝盖骨骼关节咯吱咯吱响，好像是碎片在互相撞击。总以为剧烈运动，可以快速消耗脂肪，幻想减肥如同刀削面，结果呢，运动量大了，消耗也大了，好吃可以多吃就有了理由。结果，减肥失败了，膝盖损伤了，现在走路有些痛，医生告诫我，近似威胁："关节退化，不可逆转。"浮想联翩，不寒而栗，到了七老八十，可能无法行走，甚至瘫在床上。人是动物，不动就是废物，到了"瘫"的地步，"一脚去"就从天而降，带你上天。人生终于到了无压力、无负担的晚霞时节，却坐在轮椅上，苟延残喘。老来最大的痛苦：身体不能动了，脑子还能动。此时看着别人的精彩，跳街舞的、环球游的，"彼人也、余人也"，结果陷入内心折磨，好比碎刀活宰，等于千刀万剐。想到此，我不敢登楼了，搬家！搬到电梯房，减少膝盖运动，延缓报废。现在我坐地铁，宁愿多走几步，也要找到扶手电梯上楼。

还听说喝茶溶脂，越苦越好，结果喝了苦丁茶，茶汁去脂，可惜太慢，好比铁杵磨成针，理论上是对的，等于愚公移山，推理是对的，但猴年马月啊？

我终于明白，少吃多动，进补<消耗=减肥。小时候少有胖子，因为每月粮食才25斤，猪肉才几两，胖了是内分泌失调。于是我开始少吃饭，不吃肉，终于感觉饿了，改革开放后的三十年没有的感觉，非常兴奋：减肥开始了，我称之为"三部曲"。小饿好比磨砚，相当于磨洋工；中饿好比磨刀，相当于刮鱼鳞；大饿就是燃脂，相当于刀削面。越想越兴奋，越饿越起劲，果然出现奇效，不是减肥，而是消肿，隆起部分，胸下囊先瘪下去，接着油脂往下腹沉淀，落到肚脐眼。过去不敢穿西装，因为不系纽扣，像行为主义画家，表现剖腹产的一分为二哲学；系上纽扣，就像大馅水饺，不是大娘水饺。现在可以穿衬衫了，纽扣系全，衣冠楚楚，像个乖囡。关键在于少吃，"无本之木、无源之水"，肥就瘦了，膘就薄了。

忽然想起一件往事，我下海第一桩买卖，就是在泰安火车站开小饭铺，门头很小，幌子很大：东岳饭店。我是看《水浒》连环画长大的，爱江湖、好朋友，凡在泰安的上海籍小老板，返沪必到我的东岳饭店吃饭、喝茶、等票、等车，成了同乡会会馆。有一位住在石门一路的上海人小洪，生意不大，开销很大，不是跳舞，就是唱歌，还要在我的小饭铺里豁胖，渐渐地不支了，终于回上海不来了。山东厨师大老王很不屑："小洪干的那玩意儿，蹲在茅坑嗑瓜子儿——入项不如出项大。"

对！减肥亦如此：入项不如出项大，减肥就成功了。

穷人思维

什么时代，锻造什么想法，这叫时代背景。

我不仅出生在唯一有半两粮票的省市——上海，而且发芽于吃不饱的时段——“三年困难时期”，发育于经济濒临崩溃的时代——“文革”后期，饿是全民减肥运动，穷是全体（国）统一行动，为人处世“不得不”锱铢必较。工商业家庭出身的母亲，励志名言也变性了：“钱，不是赚来的，而是省出来的。”口头禅：“少一分钱，商店不卖给你。”说这句话的背景音乐：声泪俱下！配以动作片：言者拎起耳朵、听者踮起脚跟，最后一句补白：“听清了吗？”饭桌上掉一粒米，父亲一筷子打过来，哪怕掉在地上：“捡起来，吞下去！”顺口一句：“吃了不疼瞎了疼”（瞎：山东话，浪费的意思）。碗里不能剩一粒米、一滴汤，这是老李家的置顶家训。节约异化为吝啬，融化为血液。改革开放后，饭桌丰富了，还是老习惯，不剩菜、不剩汤、不剩饭。理由？还是父亲的谆谆教导：“一米一丝，当思来之不易。”为了节约，吃下最后一粒米、一滴汤，到了吃穿有余的今天，这个习惯依旧惯性不止。结果：脸圆了、肚鼓了，曾经也是“庭树玉立”的“翩翩浊世一公子”，现在也成了胡传奎（京剧《沙家浜》里的胖司令）。我的同龄朋友常常哀叹：“水平不高血压高，工资不高血糖高，职位不高血脂高。”压垮骆驼的最后一根草，就是最后一粒米、一滴汤。节约下来的钱，不够买药的。

真理与荒谬一线之隔，越位了就是荒谬。时过境迁到今天，有些节约就是浪费。

比如坐飞机，尤其飞欧美的，普通舱折扣很大，提前半年，对折以上，所以普通舱改称“经济舱”，经济实惠之谓也。但你的未来被恐怖袭击笼罩着，经济舱里，局促狭隘，“规定空间、规定时间”，我称之为“双规”。终于落地了，在登记履历时，手臂不听使唤，大幅度划过，别说小字，就是大字的笔画也无法控制，右手的笔总是往左滑、往上翘，总是在提勾，原来脑溢血了！因为十几小时坐着，血不断地沉淀，飞机停下，一起身抢行李，血液回冲，脑颅毛细血管迸裂，对五十岁以上的，经济舱的风险："小于必然、大于或然；小于人人奖、大于安慰奖"，绝非小概率事件。住医院吧，偏偏自由行，没买保险，又偏偏去了世界上医疗最贵的美国。结果呢？经济舱不经济。倘若当初买了保险，丧事当喜事办，至少牛逼一回："侬去美国旅游，我留美国看病。"现在自掏腰包！当然在美国看急诊，可以逃单，不能免单，保护无赖。在美国，当无赖可得暂时便宜的，做君子要吃眼前"亏"。现在我可以不坐公务舱，但必须买保险，起码，住不起宾馆，但可以住得起医院。

上世纪的1997年上海出现商品房，早期商品房，五层楼没有电梯，跃层等于六楼，爬上爬下"真生活"（挨打，比如小孩被父亲"男子单打"，或父母联手"男女混合双打"，上海话谓吃生活）。顶楼等于帐篷顶，常常渗水，据说是世界性问题。所以顶层最便宜，贪便宜买顶楼，结果天天爬楼梯，膝盖坏了。到了退休，不敢下楼，因为下去上不来。结果呢，报纸不订了，思想退化了，同龄朋友不敢登门拜访，实际上不能登楼拜访。老同学聚、老同事聚，一概婉言谢绝：被社会抛弃了。偶尔红白喜事不得不去，但无法交流，首先语速跟不上了，其次社会流行语听不懂了，上海话："戆棺材一只"，译成日本话："江边洋子"（沪语形容人较戆），赚便宜赚来的恶果：置顶公寓，囚徒生活。

有位年长一辈的朋友，动迁分配到17万，这辈子没见过巨款！2002年可以买一套内环内侧、二室一厅的新村公房，现在升值到几百万。这位仁兄早年离婚，孩子跟了母亲，他孑然一身，想得很美：将本金存在银行，借房吃息，每天下午到浴德池汏把浴，顺便修个脚，过上了食利阶级的生活。没几年，租费不断涨，家不断搬，越搬楼越旧、越破、越小，最后我在老北站的矮房子里见到他，进去找不到门，出来找不到路，只见他从窗子里伸出头，给我指入口。他只看到眼下，没有展望未来。只是老百姓思维，不是银行家思维；只有经济学的思维，没有金融学的思维。现代世界都是适度通货膨胀，预期涨价，工厂就会积极招工、开工，更多的人有了工资，用来消费，促进生产。国家可以收税，维持管理，这叫良性循环。倘若通缩，未来减价，那么企业主就不敢生产，结果国家收不到税，个人失业，不能消费，企业没有销路，更不敢招工，这就是恶性循环。

所以西方喜欢印钱卖国债，适度通胀是必然的。钱，可以复印，地皮无法复制，纸币多了，房价高了，涨价是必然的。

常见富婆们，坐着公务舱，到美国奥特莱斯买廉价过季产品，好比吃剩菜，星巴克里吃大蒜。那还不如就在上海，省下机票差价，买正品时令货，相当于吃热炒。这帮富婆还是穷人思维：便宜是第一理由，结果呢？便宜买垃圾。

要买过期货，应该去澳大利亚，季节与中国相反，那里冬天，夏天的服装下架了、削价了，买回到中国，过些日子正好夏天。这是凡人的门槛。我还是建议夏天去，大衣减价了，比买衬衣更合算。倘若裘皮大衣，差价可能cover来回机票了，那么裘皮大衣当地毯也不心疼，因为零成本。

可惜澳洲不卖皮货，尤其悉尼，四季如春，还是一厢情愿，凡人单相思！

我喜欢穷人的门槛：比如到澳洲买过期货；富人的思维：用金融的眼光看经济现象，比如买房。

学会当穷人

如今，当富人很容易，只要敢搏傻，比如按揭买套房子，花30%，立刻拥有100%的使用权，首付30万，就拥有百万资产，然后在门楣上，牛皮哄哄地大书特书英国《大宪章》时代下院的名言："风可以进、雨可以进，国王不能进。"因为你是这间房子的主人，仿佛百万富翁，实际是70万负翁，现在满大街都是驮着几百万按揭的负翁。

所以如今走在街上，路见不平，我不敢激动，不敢饱以老拳，哪怕吃亏，也要忍气吞声，做缩头乌龟，生怕一拳落在脑子上，不巧脑震荡，对百万负翁来说，好比钢琴家的手指被折断，未来的增值能力丧失，后果不堪设想。

我读大学时，万元户可以进入地区富豪排行榜的，比如街道、区县。现在，环线以内的房子早已超过百万。现在找个十万元以下资产的上海户口的"穷人"，很难，找个没有"应付款"的富人、用计划经济时代的语言解释："既无外债、又无内债"的富人，更难！找个像穷人一样生活的人，难上难。

我这里说的"像穷人一样生活"，就是保持"穷人"的生活方式。我们这一代富人，都不是托庇于祖上余荫，都是从一穷二白的劳动人民家庭成长起来，父母一代，哪怕出身地主、小业主，也与无产阶级一样，用苏北话讲："家里情况你又不是不晓得，炒青菜不把（苏北口音：不放）油，炒咸菜不把盐，难般难般（源于上海的苏北口音：难得机会）肉丝炒咸菜。"不过多要了三角钱，到理发店吹个风，被父亲带棒夹棍一顿臭骂："妈妈的，你现在抖了，三根瘌毛还要吹吹风？"那时我们就是这样俭朴，所以脂肪与肝没关系、与血不沾边，工资不高，血压不高；职务不高，血糖也不高。条虾体型，不像现在"小肥羊"的胚子，整天凸个肚子，上楼下楼都随身端了一脸盆肥肉，结果，浑身的赘肉，压迫得关节不好，腰椎也不好，站着脚痛，坐着腰痛。

现在富裕了，生活方式有些愚蠢，上饭店吃饭，摄入一肚子的油腻，饭后坐在车上，想起血管里的血脂正在凝滞、凝固，然后结斑、结块，然后堵塞，然后中风，轻者像机器人，重者植物人。走起路来，一愣一愣的，仿佛录像卡带。想到此，不寒而栗，赶紧驱车赶往健身房，花钱在跑步机上，哼哧哼哧，原地踏步，仿佛当年咸菜缸里踩咸菜，不同的是，前者花钱，后者赚钱，又叫劳动，前者呢，美其名曰：健身，其实就是“戆大炼戆”，在此可以凑成上海人的新民谣：“姚明的高度，刘翔的速度，健身房里迭只的戆大。”（上海话，大读“度”）

如果依旧保持当年的穷人生活方式，徒步上班，来回起码六公里，每天的运动量远远大于跑步机上。走在街上，还可以看“野眼”，全上海的女人喜欢千姿百态的妖艳，仿佛都在为你而靓、而灿烂、而拗造型、而孔雀开屏，“不出钞票看白戏”！既锻炼，又欣赏，“割草不误逮兔子”，岂不快哉！

忽然想起，许多白领，其实还是劳动人民，偏偏要学习富人的生活方式：开车去健身房，在跑步机上走路。倘若坚持穷人本色，安步当车，不仅节省了健身卡费、汽油费、停车费、车的折旧费，而且健康。

现在讲究环保，如果我们不失凡人本色，将淘米的水，蓄在脸盆里，然后洗菜，没有二次污染；洗碗，去污力特别强，碗在手里旋转时，“扑唧、扑唧”的，那是油腻去尽后的摩擦声；拖地板的水依旧留在桶里，然后冲马桶。环保，就是循环经济，就是曾经的生活方式。

毛主席说得一针见血：“高贵者最愚蠢，卑贱者最聪明。”做富人，靠资本处世；做穷人，凭智力生存。一分钱掰两瓣花，这是智力游戏。

倘若有个短假，到近郊散散心，选择自行车，不仅是自由行，还享受天人合一的五官科旅游。可以免费吸氧，享受到欧洲一般略带甜味的空气；可以感触到春风拂面，可以听到林间啾啾鸟鸣、小河里潺潺淌水声、水击石卵的音乐声，风景因此而环绕你而行，岂不快哉！

远些地方，选择火车，最好是硬座，这样，可以听到邻座民工们的段子，荤素搭配，兴许比屏幕上的赵本山生动精彩。最好选择窗口，这样可以饱览沿途的风土人情，尽管一闪而过，如倒片快进，享受眼科旅游。选择坐飞机，等于在闷罐车里，从甲到乙的搬运，喜剧《甲方乙方》另一个版本，等于充军，相当于短期蹲班房，莫名其妙享受酒驾刑期，而不是假期。

保持穷人的生活方式，就是选取智慧的方式。做穷人需要智力，但是保持穷人本色，不仅需要智力，而且需要境界，尤其有了些钱以后。就像“挣钱需要努力，用钱需要智慧，捐钱需要境界”。

有钱的烦恼

经济高速，房价必然高涨，如今高房价的上海，身价百万，等于瘪三（沪语读，才有韵）；超越万千，不算有钱；身价上亿，富人圈里小弟弟，烦恼却接踵而来。

人人有钱，必然引起通货膨胀，3%属于低通胀，一元钱你感觉不到通胀，因为公交车票不涨，地铁车资不涨，电费不涨，水费不涨，粮食不涨，大众生活必需品不涨，每年工资底线在涨，跳广场舞免费的，走环江（黄浦江）散步道免费的，生活在平均线上下的你、已经退休的你，还会感觉到“今天天气哈哈哈”。涨价最快的是富人生活必需品：汽油、名牌。衡量身价的资产——字画、别墅，倘若你有房无车，低通胀与你无关，网络语：没有半毛钱的关系。

但怀揣着上亿资产，3%就意味着：一亿钞票，300万没了，几乎一天一万，一小时耗资几百。更恐惧的是，睡着了也照样撕钞票，感觉到不断地被剥皮，却找不到周扒皮，好比开枪找不到目标，复仇找不到仇人。我的一位朋友，早年在日本打工，辛苦所得一笔日元，统统存入银行，十几年来，先受到日币通胀后的贬值，相当于春天里的冰砖，好比搔痒兮兮。之后人民币升值，映衬出日币的坠崖式贬值，相当于夏天里的露天冰砖，开始加速度。两者叠加，好比带鱼刮鳞，一正一反，到如今，冰砖只剩下黏糊糊的汁，可供舔一舔，味道一样甜，但熊猫变猫王，身胚只剩下核心。当年买一套房的日币，现在只能买一间厕所，当年在日本的碗白汏了。

物资丰富了，需要印更多的货币，你的钱因货币扩张而占比缩小，通胀是必然的，也是抑制坐享其成、不劳而获食利阶层的撒手锏。如果说存银行是买冰砖，那么买房子是抱金砖，但限购啊！投基金吧，你要他的利息，他要你的本钱。你要他钱，他要你命。投资奢侈品吧？好比投资酒肉朋友：“有茶有酒兄弟在，急难何曾见一人。”急难时兑不了现。这也不行、那也不行，于是陷入范氏叹（范仲淹）：“是进亦忧退亦忧”，进退失据，焦虑失态。没钱的痛苦可以治愈：给钱！有钱的痛苦难以治愈，只能麻痹以求回避，毒品就来了，没钱吸烟，有钱吸毒，有钱有时真可怕。

钱多了，麻烦多了。

第一关，不是山海关，而是借钱关。亲朋好友上门告贷，不借吧，乡里乡亲的，充满了负罪感。没钱的时候，不借的理由遍地都是，随便可以找到理由：“要么今天买米的钱借给你？”以攻为守，一句话堵住你的嘴。有钱了，不借的理由没了，九牛一毛，居然不借，背地里会咒你：积攒那么多钱，买老鼠药吃。一下子，亲戚成冤家。借吧，不仅无利息，而且无抵押，借贷就是“肉包子打狗——有去无回”，到了还贷时刻，上演“立着放债，跪着讨债”的喜剧，你就是剧中男一号，充当第一戆。从此以后，受惠者不仅躲着你，而且诅咒你，盼你死，一笔烂账一笔勾销。

借贷的不欢而散，理财的接踵而来。说辞出人意料，尽在情理之中，显示出“知识”的高明之处：百万是自己的，千万是孩子的，亿万是人民的。到了亿万，他告诉你：生，用不了；死，带不走。有钱本是开心的事情，经他一说，变得四大皆空。既然用不了、带不走，就应该做些资产配置，什么叫配置？就是钱多了，买些生死之外的浮财，说是投资。但规则令人愤慨：赢了利润提成，输了手续费照付，就是犯了错误，你还要谢谢他。钱多了，忽悠的来了，像鼻涕虫黏着你，甩也甩不掉，一想就想起一句话：“恶心他妈夸恶心——好恶心。”

一旦有钱，永无宁日，连手机都不放过你。起床开了手机，各种保险、中介、融资的骚扰电话络绎不绝，穷追不舍。关了手机，客户找不到你，开了手机，你就成了箭垛，连通信自由都被搅乱了。人生阅历告诉我：官大了，小人多了；钱多了，坏人多了。小人和坏人是一票里货色的不同称呼。古人云：“贼是小人，智过君子”，他们群策群力共同围着你，比苍蝇密集，比苍蝇勇敢，撵也撵不走。小孩时，有首赞美诗：“让阳光洒遍你所有的日子，让鲜花开遍你所有的旅程。”一旦有钱，也可以套用：“让小人环绕你所有的日子，让烦恼占满你生命的旅程。”

语言：馒头变三明治

我至今顽固不化，依旧翻阅纸质媒体，订阅早报、晚报。但很怪异，报纸新闻不看，早报只看文化专刊，晚报只看文艺副刊。新闻靠耳朵采集，信息源于车窗内的广播，车窗外的道听途说则充耳不闻。我喜欢开车听新闻，这叫“割草不误逮兔子”，称之为“李氏移动端”。但车内的频道永远停格在99:00（中央人民广播电台），唯有他，从早到晚发布新闻，下午，其他频道不是推荐股票，就是推销药品，或者闲扯，只有它仍在字正腔圆播送广播。我往往下午三点后开车出门，新闻已是旧闻，热汤冷喝。偶尔轮到我开车送孩子上学，才能享受即时新闻，热炒热吃，先是上广，后是央广，号称“与事件同时，与新闻同步”，从上海关注到全国，顺便知道世界，比如西方又在“开坏”中东了。

同样，电视新闻我也是不看的，因为它将你拧箍在电视机前，成了螺丝钉，好比坐班房，但直播的记者招待会例外。

直播往往都是大事件，面对全世界，一遍中文，一遍英文，一半是重复，说一段、译一段，好比萝卜，洗一段、吃一段。精通中英的双栖动物，永远在听啰嗦。只懂中文或英文的听力偏瘫者，永远充满期待，“欲知后事如何”，必须忍着、憋着，好比尿急直奔厕所，里面蹲了个便秘的，真正急煞老百姓！

这让我想起上世纪80年代，那时出国热，自然英语热。我有个朋友，上海科大毕业的，备战托福，渴望出国。每次见面，中文一遍，英语一遍，绝对强迫症，我就成了他的口语喷射靶子，他是活宝，我是活靶。他的英语，疙疙瘩瘩，吞吞吐吐，我成了陪练的，而且免费的。为什么疙疙瘩瘩？因为边说边思考、边搜索词汇，一个词、一个词蹦出来，上海话：“撬”单词。听他说外语，好比穿着高跟鞋走“弹硌路”（卵石铺就的小径）—— 别扭！如今我到美国，问路的英语也是结结巴巴，都是那时烙下的病根。好在小镇上的美国人，闲的多，听亚洲人说英语，本来就预备了足够的耐心！这样更助长了我从容不迫的吞吞吐吐。

语言是区域性的，在封闭社会里语言很纯粹，一笼淡馒头。开放社会就混搭，一个地域语言镶嵌另一地域的词汇，一叠三明治。

过去上海话镶嵌外地话，因为上海开放。我曾住在北方人居多的大院里，山东老妈妈拉着宁波老太的袖子：“阿娘，喔刚把（讲给）侬听，你侬晓得吗？”你是北方语系，侬是江南语系，两个同义词像脆麻花两股缠绕一起了，活脱脱滑稽戏《查户口》里旧上海里的老山东警察腔调：“我看你不是个好银（胶东音：人），也不是个坏银，你是个促卡（“促狭”的上海话变音）银！”上海话不是本地话，而是南腔北调的“百搭”、杂种，苏州好婆、无锡恩奶、宁波阿姆的混合体，还有外国的“四别灵锁”。

改革四十年，中外交流、合流，现在的中文镶嵌外文，已经不再是时髦表达，而是常态表达，说明中国的开放程度。

普通话是书面语，三明治语言现象最为严重，说你不领世面：你out了，说你出局了也叫out了，还有落伍了，也是out了。out不仅仅是方位词，还有贬义词之嫌。派你到某处，叫up到某地。看经济类报纸，满目三明治语言，B To O啦、O To O 啦，最烦恼的，三明治语言还没有字典，只能连蒙带猜，看经济类报刊，对我是竞猜游戏、斗智斗勇。因为三明治语言似是而非，许多术语记不住，混淆是常有的，MBA与NBA，看到后面，才恍然大悟，噢，原来不是一回事，之间的差异跨度，大于印度人与印第安人。

如今民间俚语也出现了三明治语言，酒桌上来了个抢着买单的“土豪金”，知识分子是这样糟践他们的：“穷的只剩下了钱！”有股“吃不到葡萄”的酸腐味。“土豪金”们笑嘻嘻地接过话头，自嘲：“阿拉嘛，外文只识KTV，中文只识人民币”，以博在坐粲然一笑，也算供奉一道精神食品 —— 甜点兼开心果，这叫雅量、肚量。

语言，随着开放，由淡馒头变三明治了！

现在只有中学语文教材里，还有馒头的纯粹。

鞋子

相对“皮子”（上海话：裹身的服饰），鞋子，不过是个配件，相当于袖口上的纽扣。从比例上看，鞋子是渺小的，坐在上海弄堂口的修鞋匠，哪怕老伯伯了，在左邻右舍的嘴里，还是“小皮匠”“小皮匠”的，好像发育也长不大的木偶。

在服饰系列中，鞋子，只是“某个”细节，但高品质的关键就是做好细节，高档西裤的门襟拉链必然是YKK，YKK永远不会让你在大庭广众之下“豁啦”地露“馅”，因“门户开放”而受窘。管理有句名言：“魔鬼藏在细节里。”所以讲究服饰的，非常注意鞋子、皮子、帽子的搭配，我称之为老上海的出门“三字经”，可能鞋带甚于领带。领带可以不戴，鞋子不能不穿。相比之下，领带，千里眼的眼镜；鞋子，近视眼的眼镜。前者，只是装饰；后者，不仅装饰，而且必需。菲律宾前总统——马科斯的夫人拥有三千双鞋子。一个女人，未必有十几条裙子，往往有几十双鞋子，从比例上讲，鞋是衣的倍数，越富裕倍数越大，鞋子虽小，意义却大。

在上海的街上，衣服、裤子都有流行款提供盲从的榜样，唯独鞋子缺少流行的暗示。时装可以“借尸还魂”，鞋子却是趣味的选择、灵魂的展现，倘若想窥视某人的精神世界，他的鞋子款式会不经意间泄露与你，好比窥探女人的年龄，她的外表早已被服饰、腰束、化妆品忽悠得以假乱真，一盆景耳，唯有手之皱褶，掩饰不住的细节，就像男人的鞋子，让你“略知一二，不离八九”。

鞋子是身份标志，上世纪40年代，富人穿皮鞋，穷人穿草鞋。50年代，小开穿铸花钮皮鞋，工人穿翻毛皮鞋（劳动防护用品），昂首阔步煤渣路上，一脚脚就像踩脆麻花，刮拉松脆。60年代，穿白跑鞋的，口含横笛一支，站在弄堂口，斜出一腿，抖抖，那是二流子。穿着夹脚拖鞋上街，女的叫“拉三”，男的就是“敨卵”，现在叫小混混，旁人见了绕开走，北方话：“惹不起、躲得起。”70年代，中学生穿猪皮皮鞋，号称“765”，当时每双鞋7元6角5分，小朋友穿人造革皮鞋。20世纪末，花格衬衫、灯芯绒裤子，必须配翻毛绒皮鞋，这叫“套头”，“雅皮士”的符号。进了21世纪，现在的女孩穿“回力”牌跑鞋，这是走在时尚之前的引领者。你是什么样的人，就穿什么样的鞋。鞋子，是上海现代史的记忆符号。

在上海，鞋子还是地段的标牌。市中心的某些上海人，非常强调“生于斯、钓于斯”的地段，这样可以彰显她们的优越感。“文革”前，“上只角”穿咖啡皮鞋的，“下只角”穿解放跑鞋的。“文革”后，皮鞋普及了，“下只角”朋友也穿起了皮鞋，“上只角”的朋友改穿布鞋了：白底黑面圆口，就是要与你撇清界限。哪怕同居苏州河南面，也要分出彼此血统之纯杂。曾经，南市区是城厢，黄浦区是租界，南市区土，黄浦区洋。南市区归并于黄浦区的前后，有次雨天开会，南市的穿套鞋，黄浦的穿皮鞋。编这个段子的，一定是黄浦的朋友，企图表现出穿皮鞋的绅士风度：荣辱不惊，要么视皮鞋如粪土，好比撕钞票给你看。为了表现出黄浦不同于南市，用鞋子，而不是用车子、房子来诠释。但我想：会场里坐下，套鞋内很干爽，皮鞋内则“咕唧、咕唧”水湿声，捂脚癣，痒得钻心，“死要面子活受罪”，新上海闲话：“做模子痛苦的。”穿皮鞋朋友，做人有点不实惠，编这个段子的朋友，不仅不实惠，而且不近人情。

中国文化中，鞋子往往是不名誉的喻体。说某女人是烂货：破鞋。说某男人不正经：搞破鞋，罪魁祸首应该是“松下裤带子”，而不该是鞋子。某人把托付的事办砸了，挨骂的却是鞋子：“依着破鞋扎了脚。”跑了无数冤枉路，依然一无所获，但发泄的对象还是鞋子上：“踏破铁鞋无觅处。”新货不顺手，发牢骚的靶子是鞋子：“新鞋子夹脚！”在反美浪潮中，鞋子在宁波人的歌谣中也是陪绑的：“一双皮鞋美国货，两只铜板调来哦，三年穿过贼贼破。”在上海人的嘴里，美国皮鞋叫老K皮鞋，老K在牌局中仅次于王牌，象征品质。最近有个段子，讽喻自私得无耻，借的箭垛依旧是鞋子：“穿他人的鞋，走自己的路，让别人说去吧。”

鞋子是牛是马，不仅被骑，而且被抽！

服饰系列中，鞋子是“小众”，但鞋子有个性、有血性，从不在服装店里扎堆，不与服装为伍，因为不屑。偶尔与帽子共存于鞋帽店，以表现顶天立地的担当。更多的自立门户，招牌也是孤傲得削壁自崖：“大不同”，以显示出自己鹤立鸡群。鞋子，往往表现出另类。

服饰系列中，好像唯“皮鞋与短裤”可以四季通用。我喜欢穿“四季”鞋，冬天是棉鞋，夏天是皮鞋，雨天是套鞋，远足采风，就是旅游鞋了。我的人生体验：旧鞋合脚，破鞋风凉，缝缝补补，不离不弃，好比老婆、老朋友、老同事。升华为我的管理警句：我们是与有缺点的好人合作。在北京军事博物馆里，有周总理的皮鞋：旧且破，当时给我的震撼是核裂变式的，持续至今。在我看来，好男人的标准：不能搞破鞋，但可以穿破鞋。

鞋子，就是馄饨皮子，破损无碍味道。

一字禅

上海话里，“生动”叫“谑”，它不在课堂里，而在弄堂里、混堂里、饭堂里、客堂里，我称之为“四知堂”，即市井社会。现在甚嚣尘上的“清口”，拷贝于市井社会的“卡头”货、山寨版。若有耐心，坐于“四知堂”里，荤素兼备的“清口”，俯拾皆是，我称之为“堂吃”，不仅生动，而且鲜活，全部免费。偏偏“有知识、缺常识”的白领们，过而不顾，乘的士、去剧场、出钞票、做葱头。

开放后的上海，充满机会，也充满风险。朋友们见面，有心没肺随口一句：“撩着了吗？”撩，就是随意、随手。有，意料之外；无，预料之中，属于“小贼插外快”，譬如不是。就像博彩，不中彩是正常的，中彩倒是不正常的。这就是上海人参与风险的态度：潇洒！一个“撩”，境界全出。

与“撩”相反，“捞”则志在必得。上海人最看不起“捞好处”，不会说“撩好处”。捞，从下往上拽，既要弯腰，还要用力。比如朋友酒后驾车而被拘留之类，作为朋友，会掖着小包满街转，找熟人、通关系，熟人见他风风火火，不免好奇：“做啥去”，脱口而出：“捞人去”。插不上手的朋友还会不时地手机询问：“捞上来了吗？”一个“捞”，看出做人的义气，倘若在此用“撩”，那就是敷衍，充其量也是顺水人情。

编故事是上海人的常用词，“编”就是虚构。比如商铺转租，到了中介的嘴里，“编”出种种借口，让你看出“跌”的理由，最缺乏创意，也是最常见的：“业主出国，急于脱手。”

编故事的升级版：“搭积木”。前者可以个体单干，后者往往合作牟利。将散落一地的积木，组合起来，“搭”出各种花样。搭，就是整合散落各种资源，获取1+1＞2的利益。更多时候，搭积木往往意味着合伙筑陷阱，设圈套，然后守株待兔，敬候佳音，甚而诱敌深入。倘若有整套高档家具转手，带你去西区高档酒店公寓，请出律师做托，像“真”格！台词非常奢华：某某某不便透露姓名的名模，与某某某不便透露的大户，缘分已尽，财产分割，越快越好，号称“快刀斩乱麻”，不惜黄金当黄铜卖。酒店公寓象征高档，律师出面意味中立，这就叫搭积木，就是卖拐，就是忽悠。

朋友见面，最热情兼热昏的话：“接到侬电话，差点昏过去，马上奔过来”；商量决策，需要拍板，最礼貌的口头禅：“阿哥，侬吹叫鞭！”还附带一句：“分分秒秒、随叫随到。”叫鞭就是铜铸的哨子，体育老师发指令的，言外之意：阿拉“全线立正”。

高升了，叫“蹿上去”，对曾经帮衬、卖命的朋友突然双袖抱肩、鼻孔朝天，“小兄弟”们聚而切齿，最狠的话：“摇伊下来，好哦？”“摇”比“触壁角”更形象：高高在上、重重摔下。

炒股票，在上海俗称“爆炒米花”，轰隆一声，“一把米”膨胀为“一袋米”，当然是膨化现象，上海人叫“大出来了”，“大”，读“杜”，形容词变动词了。上海话里，撞车叫“相鼻头”，接吻叫“香嘴巴”，学坏了叫“歪掉了”。做错了，叫“做斜掉了”。上海话里，形容词常常被挪作动词，词性一变，就成了变性后的人妖，不仅出位，而且出彩。

磨洋工叫“孵豆芽”、搭架子叫“拗造型”、下命令叫“发声音”、摆阔叫“掼浪头”、拼命叫“横下来”、老实交代叫“喷出来”、检举同伙叫“爆掉他”，大甩卖的词汇更血腥：不是“吐血价”，就是“喷血价”，不惜“跳楼价”。上海话里的谑头，往往三个字构成，借助一个动词引爆，它是一勺味精，让一锅汤都鲜活了，境界全出。少林寺有一绝：一指禅，上海话有一谑：一字禅。

但是这个“谑”，不是看出来的，而是听出来的，只可耳食、不宜目赏，就像话剧，剧本远远不如剧场。

英式段子

段子是相声中的包袱，文章中的噱头，往往一语中的，冷峻犀利。

段子的核心竞争力：机智诙谐，深入浅出，傻瓜看了都会心一笑。过去，子宫癌患者以妓女为多，当科学家有了新的发现，脱胎于英国的美国是这样报道的："子宫癌不是纵欲的结果，而是生锈的缘故，昨天一位十四岁的女孩被诊断患上了子宫癌。"这不是民间段子，而是新闻导语，但本质上惊人地相似：简洁、幽默。

中国文章是"代圣人立言"，往往义正辞严、一本正经；道貌岸然，一脸夫子腔："老夫以为"，所以有警句、无段子，到了报纸涌现的近代，又是文人办报，而不是商人的报纸，自然洋溢出文人论政的书生气，自然缺乏来自平民社会的"段子"。

大众化报纸始于英国、盛于英国，它是企业，不是教堂；是生意，不是传教。为了争取广告，必先取悦大众，广告的特征：不管蛇虫百脚，收看率越高越好，底层社会的世俗趣味洋溢泛滥，段子应时而出，哪怕庙堂人物，为了争取选民，也不得不用段子来取悦民众。

英国段子，泛滥于报纸普及；中国段子，滥觞于手机普及。中式段子偏重经济生存，底层无名氏多，社会牢骚多；英国段子，偏重政治文化，上流名家多，政治牢骚多。

曾经"日不落"的大英帝国，一战中开始衰落，二战后终于滑落，成为"二流国家里的一流国家"，侄子辈的美国成为世界霸主，英国名相丘吉尔访问美国，被问及观感，丘吉尔开口，如醋坛子豁口："报纸太厚、草纸太薄。"

1839年的英国外相帕默斯顿，他是鸦片战争主要策划者，现在的中国人已经很少有人记得住他了，但他以一句段子式的名言而千古不朽："没有永恒的朋友，也没有永恒的敌人，只有永恒的利益。"酣畅淋漓地表达出英国那一脸的冷峻与满腹的世故。以这句话考察国际，尤其西方国家的外交，无不灵验。与欧美搞外交，只有利益，没有义气。中华的仁义等于放屁。

还有一句屡试不爽的段子般的名言："绝对的权力，绝对的腐化。"这是英国艾克顿爵士所言，哪怕商业公司，只要出现管理层，这句英式段子也是最佳的警告。

朝鲜战争期间，美国总统杜鲁门面对质询，他是如此评价不争气的李承晚："他们是混蛋，是站在我们这一边的混蛋。"矛盾心理，昭然若揭，令人过目不忘。美国人的势利与实用，历历在目，胜过千言万语的诠释：利益面前，没有正义。势利眼与实用主义永远是一母双胎，像鼻涕虫一样粘在一起。

段子，因为世俗，难免泛"黄"，用不严肃的方式，表达严肃的话题，"严肃"才容易被不严肃的世俗广泛接受。H.L.Mencken何许人也？我一无所知，除了这句名言："通奸乃情场上之民主，民主乃政坛上之通奸。"话糙理不糙。

维多利亚时代，莉莉·兰特利是最著名的滥情"小姐"，不仅漂亮，而且智慧。（当年的流行歌词是这样描述她的："噢，永不，永不，永不再现，自我们来到人间，我们见到如此精致、漂亮的脸蛋。"）阿尔伯特·爱德华王子是最著名的花花公子，不仅高贵，而且有钱。他埋怨莉莉："我在你身上花的钱足以买一艘战舰。"莉莉犀利回应："你在我身上洒的精液足以浮起一艘战舰。"将男欢女爱的等价交换解说得那么的风趣形象。英国人最绅士，往往用最不绅士的段子，在最绅士的场合、最绅士的期刊，抨击最不绅士的事件，充分表现出民间的宽容。

同样促狭，中国的农民是这样表达的："我们刚进城，你们下乡了；我们刚吃肉，你们吃素了；我们刚学会用手纸擦屁股了，你们用它擦嘴巴了。"用卑微的自嘲，嘲弄自以为是的小资。英国的学者（18世纪的诗人显斯顿）是这样评价的："失败的诗人往往成为愠怒的批评家，正如劣酒能变好醋。"前者是粗人，取材荤；后者是雅人，取材素。都是贬损，都不带脏字，不带生殖器，将它推至荒诞，显示出可笑。

毕业于牛津大学的钱钟书秉承了英国段子的风格，他发现文学史有一种现象：当新流派处于萌芽状态，为了强调"水有源、树有根"，证明自己"传承有序"，往往引经据典，甚至扯虎皮做大旗，钱先生一语道破："好比暴发户修家谱，野孩子找爸爸"，完全英式的段子风格。

段子集"谑语的幽默、警句的简练、思想的深刻、民间的机智与俚俗"于一体，从而引爆全社会的共鸣，它是正剧的插科打诨。

中国，手机成为新载体，短消息成为新媒体，民间情绪迅速泛滥，因段子而一跃而起，迅速蹿红，铺天盖地地野蛮生长，烂漫绽放。段子是味精，且短小精悍，一针见血，最吸引眼球，最适宜大众媒体。段子是民主后的表现，言路大开，它才能兴风作浪，媒体让它迅速兑现。

借段子说事，中国的底层社会、英国的上流社会，不仅需要文字的技巧，还有思考的智慧，否则就蜕化为“黄先生”的口头禅。

英国，傻瓜式的智慧

瑞士盛产最精确的时间——钟表，但时间的中心却在英国——伦敦的格林威治村；巴西、德国屡获足球冠军，但足球最初的规则却产生于英国；最繁荣的经济在美国、日本、德国，但计算财富的会计行业，最权威的证书却属于英国。世界上行之有效的标准，往往产生于英国。古人云：不立规矩，无以成方圆，英国人善于做规矩。

规矩便于实行，首先必须简单。英国的户外垃圾箱总是并列三个，箱体外没有文字说明，只有图案标识：一个画着玻璃瓶，一个画着纸袋，一个画着屑屑粒粒的点，掷弃者一目了然，知道归类抛物，哪怕不识字的，都会各得其所。在上海，垃圾箱上写着“有机”“无机”的化学名词，表示出科技含量。一个垃圾箱，何必那么学术化、学院化，让大多数人不知所云，丢个垃圾，都是面对高考选择题，让平淡、平常变得庄严肃穆，不像灵堂，就像考场。老人、小孩自然不知所云，外来民工也不知所措，像我这样也算读过些书的“知道分子”，充其量“识其字、不知其义”，只能像下注博彩票似的抛掷垃圾，全社会的大半以上都不知其意，公共规则怎么实行？这样标识的垃圾桶，应该放在化学系、科技馆门口，免得明珠暗投。

英国地铁开通于一百多年前，线路四通八达，密如蛛网，下了地铁，就陷入迷宫，但是别慌，哪怕不识英文的外国人都不会迷失方向。在地铁的墙上中腰线就是宽宽的色带导向线，色带正好与你眼睛平视，躲都躲不了，或红或绿或黄或蓝，一种颜色代表一条线路，与地铁入口处的免费地图上的线路色带是一样的，语言有国界，色彩无国界，跟着色带走，循着墙角转，连傻瓜都能寻找月台。

在英国，哪怕伦敦，大多数道路都能泊车，哪怕单行道、哪怕窄路，但收费泊车位的道旁，都有收费器，没有收费人。车主交完费后，收费器会吐出凭证，你将凭证贴在车窗前，巡检者半小时一趟，远远一瞄，就知道谁没有交费，效率极高，难度极低。

英国的出租车有两类，一类Mini，只能电话预约；一类是Taix，可以在马路上扬招停车载客的。Mini车的款式各异，属于私家车揽客，该车主必须申请，专管部门批准，交一笔税费，然后在车窗前贴有统一标识，只限于电话预约，不得路途半道上揽客载客。

Taix出租公司管理，不管哪个公司的车，款式统一：黑色、方头、枕头面包似的，上海人所谓的老爷车，只有这个款式的车，随时随地，揽客接客，你可以在路旁扬手示意。老爷车款式专用于Taix，它既是伦敦街上的一道怀旧风景，也是一个醒目标志，需要者一目了然，监督者也一目了然。如果非此款式的车停在路边载客，任何人都会发现，任何人都会举报。众目睽睽，违规者无藏身之地。

为了降低监管成本，首先简单化，直至傻瓜化，这就是英国人的管理思路。一百年前在上海英租界里，黄包车是公共车，漆以黄色，可以路上停车拉客。私家包车漆以黑色，路上截客、接客属于违规，巡捕抓你，上海话里公车拉私活的叫“黑车”，就出典于此。规则越简单，执行越容易，监督越便利，监督成本越低，违规难度就越高。

规则不是做给内行看的，而是做给外行看的，让全社会的相关者都能一目了然，哪怕有些弱智，这是智慧。将知识降幂成常识，那是聪明人的高招，将常识提升为知识，那是“知道分子”的Show，北方土话：臭美！上海闲话：阿乌卵冒充金刚钻！

忘了是谁说的：“正义是看得见的正义”，同样，“规矩应该是看得见的规矩”，瞎子看得见、聋子听得见、戆大听得懂，这样才便于执行，更便于监督。唯有如此，细节才无法藏匿魔鬼，操作才无法隐身于暗箱，规则才不会成为舞弊的魔术箱。

让傻瓜也能操作的傻瓜式，是聪明人的杰作。傻瓜属于智障，傻瓜式却是智慧，英国的管理就是傻瓜式，便于全民执行、监督，这就是这个老牌帝国主义的高妙。

英国：保守的利润

英国的建筑，就是一碟“宫保鸡丁”：王宫、古堡、基督教、市政厅之谐音也。到处都是希腊式的圆柱、罗马的拱顶，到处都是红砖的房、石垒的街。在中国，一百年的房屋已经垂垂老矣，弥足珍贵；在英国，二百年的房屋，属于“年轻的老头”，成群结队。中国的古迹，大都埋在地下；英国的古董，大都立在地上。在英国逛街，窄窄的、弯弯的，好不容易走出中世纪的街巷，却走不出维多利亚时代。

英国，对于“曾经”，像捧着一堆古瓷瓶，走在荡板桥上，永远小心翼翼。

英国，一百年以上的建筑，可以向英国文化遗产基金会申请保护，一旦列入保护名单，所有的修葺费用都由基金会负责，产权、使用权依旧是房主，你可以居住、出租、转让，但不得擅自改动建筑风格，哪怕细节。丘吉尔庄园是二百多年前建造的，在庄园里你可以看到天、看到河、看到山，但看不到边，今天的后裔已无财力维护庄园，由基金会拨款维护，至今居住着丘吉尔伯父家的嫡传后代。基金会不是财政拨款成立的，而是社会各界的捐献，表现出英国人民的意愿：宁愿赔钱“倒贴”，也要保护“邻居”的遗产，让历史因此而不朽，成为自家的屏风。

在伦敦的泰晤士河南岸、千禧桥桥堍旁曾有座剧场，莎士比亚隶属于此，大部分作品在此上演，1613年在演出《亨利八世》时被大火烧毁。四百年以后，英国人又原汁原味地重新建造起来，外墙有昂贵的橡木交叉的柱与梁，如米字旗，完全都铎王朝建筑的风格。圆顶、草覆，后墙隽刻着古典图案，剧场内，木廊、木凳、木戏台、木包厢，看台还是露天的，只能6月到9月演戏，悉如旧制。剧目全是莎士比亚的，台词也是莎士比亚时代的古英语。“一便士客”的站立台还在，只是站立的“引车卖浆者流”消失了，站票者之间的“传壶”消失了（“一便士客”如有内急，出门“放龙”，回来就必须再买一便士门票，为此剧院提供的尿壶便在“一便士客”胯下相传），努力再现莎士比亚时代的风物全貌。1997年重建的莎士比亚环球剧场，它处在伦敦城中心、圣保罗大教堂的对岸，那里的地皮价值当时高不可沽,英国人不惜血本，再现历史。

哪怕假的，只要是英国人创造的，英国人也会一掷千金地模拟。神探福尔摩斯与助手华生是小说里的虚构人物，他的办公室当然也是虚构的，在伦敦西面有条不足四百米的南北走向的贝克街，英国人居然按照小说里的虚构，一字不改地移植到现实中，将错就错，弄假成真，贝克街221B，居然是福尔摩斯与华生的办公室，里面有福尔摩斯的书房、书橱、书籍，书桌旁的壁炉、福尔摩斯的高顶帽子、烟斗，悉如小说中的安排。

世界最著名的博物馆 —— 大英博物馆里，最大的陈列馆是埃及馆，那里躺着的木乃伊，比殡仪馆里的尸体还多，比埃及的木乃伊还多，对于历史，英国是那么贪多求全，“身体发肤，不敢毁伤”。

英国真老矣，它的石街窄窄的，墙砖红红的，铁锈色，是工业时代铸铁的遗迹色彩，老得让人昏昏欲睡，想象中散发出尸臭味。

英国人那么尊重历史，因为他们看到传统中的合理性。现在大多数国家的车辆右行，偏偏英国依旧左行，这是征服者罗马人带来的旧例，罗马人右手持剑，只能左行，英国也左行。W68是伦敦北上爱丁堡的高速公路，其中不少路段笔直如尺，那是英国人沿袭罗马人修筑的古道。马车时代，道路贵直，缩短距离，节约成本；汽车时代，道路贵曲，避免疲劳，倘若笔直，没有变化，驾驶员就会打瞌睡，但英国人依旧在罗马古道筑路，这样节约占地面积，减少筑路成本。

现在世界上都是公制单位，英国依旧英制单位，给换算带来不少麻烦，连英国人都烦了，但就是不变，在英国人看来，变革会带来震荡，引起的损失远远超过便利的利益，权衡两者取其轻。

英国的议会分上院、下院。上院，又称贵族院，由世袭贵族、地主与僧侣组成，代表着过去的传统，贵族与地主在生活中的比重越来越少，僧侣的社会影响也越来越稀薄，但上院里面的设备豪华，开会时繁文缛节，徒具形式：“祭神如神在。”

英国尊重传统，它的法律也是习惯法，传统在英国待得太久太久，却永远被英国人搽得乌黑发亮，在英国人的心里，历史从来不生锈。

英国的民宅绝大多数是砖房结构，很少拆迁，往往上百年，如果按70年折旧，现在的房子几乎就没有成本了，所以英国的GDP递增不快，也不高，但人民很富裕。中国则相反：喜新厌旧，热衷拆迁，拆是GDP，建也是GDP，GDP很高，生活成本更高。因为永远有折旧、永远有成本，永远很新，永远很贵。

上海有句老话："搬三次家，等于烧一次家。"因为搬家总要丢弃些家当，添置些家当，这都是成本。山东也有句老话："破烂值万贯"，从反面论证了财富需要积累。

太阳底下，总有阴阳两面。面对传统，五四以后，尤其"文革"以后，中国人总是戴着墨镜看历史，传统往往是黑的，看到不合理的一面，于是不断地除旧迎新。英国则相反，永远关注传统中合理的一面，面对不合理，改良而不改革，以减少震荡，减少破坏，财富需要时间积累。

突然想起上世纪80年代初，上师大历史系有位校友叫刘昶，发表了一篇论文，引起历史学界的轰动，题目好像是《中国封建社会为什么那么长》，他的观点：每当封建王朝走向繁荣，财富积累增加、土地兼并出现，越繁荣兼并越频繁，流民就越多，最后引起社会大动荡，多年的财富积累，化为乌有。新的朝代又重新开始积累，周而复始，社会永远无法完成资本积累，进入资本主义。

用理财的眼光来看，动荡可以创造GDP、可以创造投资，但不能积累财富。

忆旧

老街坊——老邻居琐忆之一

上海人叫“老邻居”，在北方，则叫“老街坊”。我出生在上海，精确的方位：杨浦区鞍山六村40号。我们那里的老邻居，相互间称“老街坊”，完全的北方口吻大葱味，因为那里的邻居，都是从北方过来的。

1964年，交通部在上海组建“北方区海运管理局”，简称“北方区局”，纯粹的管理机构，有官无兵，管辖上海以北到大连的海上运输，上海的海运局、港务局由它管辖，干部从交通部及北方的海运、港务系统调集业务干部，从部队调配师团干部充实政治部系统，到了上海，家属没有地方住，刚刚完工的交通部船舶研究所公房，立即划拨三分之二调拨给北方区局。我们那幢楼并排三个号牌，39号与40号是北方区管理局的，山东人多，吃大蒜的多，蒸馒头的多，开口“马勒个笔”的多。41号是船舶研究所的，南方人多，戴眼镜的多，弹钢琴的多，挂白窗帘的多，与我们39号、40号基本没有交往，尽管小孩都在鞍山七村小学读书，同级的往往同班，回到家，40号与39号的孩子，丢下书包一起玩，搂着、抱着、啃着，41号的小孩好像不出门的，那时的知识分子还是很清高的。在他们眼里，我们都是老侉子，野得很。我家楼下王凯，拉小提琴的，父母都是搞业务的，他与41号的同学万家串门，在我们看来，简直有些“叛徒”的感觉。

39号、40号的老街坊，称呼都保持北方的习俗，直到今天，我们都奔五十的人了，见着面，如果长一辈的，又是老太，比如39号刘玉才的母亲，依旧叫“刘娘”。刘娘见着我们，还是北方人的亲切：“这不是老李家的老大嘛？唉呀呀！唉呀呀！”一连串的感慨，说不出词来，老了，忘词了，但开口还是北方味。父亲在的时候，见了我小学同学李燕宁，“二闺女、二闺女”的，因为她爹有仨闺女，她是老二，北方人亲切的叫闺女，客气的叫姑娘。

那里的女孩乳名，往往借用燕子、春兰之类北方吉祥物，称呼也是儿化音，燕儿、燕儿的，从称呼中，可以听出他们之间的亲近，上海人，直呼有缺陷的绰号，北方人则以乳名缀儿化音。

从我记事起，在学校，我们都说上海话，回到家，都是北方话，不是普通话。普通话是“以北京方言为基础”，我们那里的北方话是以山东话为基础，揉入了东北话、河南话、天津话，乱七八糟，一缸的什锦菜，互相串味、感染。那时，我们小孩模仿老太：“把他的手（读袖）拧过来，攮他一拳、攮他一拳。”手读“袖”，这是胶东一带的口音，攮，也是那里的方言，苏州话读“揎”，苏北话读“捣”，上海话读“夯”，北方话读“捶”，女孩之间撒娇：“当心我捶你哦！”

小脚老太，“咚咚咚”地走街串巷，待上海时间长了，免不了掺进上海方言词汇：“阿娘，我讲把侬听，你侬晓得吗？”“你”是北方语音，“侬”是吴越语音，阿娘也是上海话啊，用北方话讲，特别的滑稽，就像“你侬”粘连着一样。

小时候，嘲人的儿歌也是北方习俗，胆大的领头吆喝：“你奶奶放屁——”后面的小喽啰起哄：“咕——哩咕哩咕”，蹲在谁的窗下，就是骂谁。北方人，老人随儿子住，第三代也是奶奶带大的，上海人相反，往往由外婆带大。奶奶是一家的活菩萨，如果骂到奶奶辈，那是英语“最高级”，离掘祖坟就不远了。

我们那栋楼，现在还在，但物是人非，我从小住在40号，隔壁邻居都属于“马勒隔壁”——山东人的“册那”，我自抬身价，谓之“马勒公寓”。如今“马勒公寓”的玩伴们，不是搬到西区，就是去了浦东，更远的是欧美，这些年尘埃落定，慢慢聚拢回来了，还建了个“3940老邻居”的群，天天轧闹猛，快乐掐，相互掐，指着和尚骂秃子。最近，忽然有人发起“老街坊聚会”，呼啦啦，39号、40号的都来了。相互间问起老人们，还是“刘娘王娘”的，刘娘她们还在，快九十的人了，直到今天，过年，我这一辈的常常还有人去看她们，比如赵猪头（利群）、许胖子（为）他们，带上些老人的嚼食。赵利群是独子，他告诉我：“我妈临走前，把我托付给王娘的。”都五十出头的人了，他妈还不放心，托老姐妹关照：“唉！我家的大宝呀。”

这就是北方的人情味。

其实，刘娘不姓刘，王娘也不姓王，都是孩子他爹的姓。

现在，每年一次聚首，请上健在的父母们，都是八九十岁的老爷爷老奶奶了，有车的认领包干，负责接送，给他们集体做寿，送红围脖与点心。到底是北方人，那热乎劲儿，就是刚揭盖的一蒸笼馒头——热气腾腾。

"马勒公寓"——老邻居琐忆之二

活着，称旧居。死了，称故居。一字之易，生死之间，千万当心。前几年，某报刊登一号人物的家乡照片，称某某某故居，倘若在"文革"期间，刹那间现行反革命，说不定人头落地！套用小学二年级的儿子韵语："没文化，真可怕。"

我的旧居位于上海下只角——大杨浦，扫描范畴再小些：鞍山六村，需要精准打击：40号202-203室，让小学的"皮蛋"们晓得了，可以"揎玻璃"了。上世纪五六十年代，上海建造了一大批新村分给工人，故称工人新村，简称工房，其实应该叫公房，产权是公家的。

40号与39号是个机关家属院，楼上楼下都是当官的，前楼后楼的门前不是石子路就是石板路，唯独我们的门口修了一条水泥路，便于接送局长们的轿车。三楼傅家，当家的是远洋公司经理，头发稀疏，一丝不苟，显露头皮油亮，抹过蜡似的，色泽很硬。早晨轿车到了，他披着黑呢大衣、夹着黄牛皮包、衔着短粗的雪茄，一脚撑着，一脚悬着，不紧不慢地下楼，到了二楼正好舒心吐出一口云雾，满楼喷香，全楼分享。几十年后，放生池旁读到一副对联："独乐不如众乐，杀生不如放生"，情不自禁想起傅伯伯，那雪茄味，盘绕在记忆深处，久而不散，一抹如新。

傅伯伯是知识分子出身，大概"一二·九"运动学运出来的，大干部，没架子，见了小孩，尤其小男孩，他常常手掌摸顶，喷一口浓烟，逗你玩！他知道我们喜欢雪茄的味道。傅家的教养很好，两个女儿白白胖胖，高高大大，终日闭门不出，"落叶满地红不扫"，在家读书。"文革"后第一批七七级考上大学，接着考上研究生的，就是大姐傅笑枫，名字易识好记，且有景，相比凤啊花啊，素而雅。

一楼是邵友诚的家，好像是河北人，友诚与我年龄相仿，个头亦相仿，他爹鼻上罩着两爿啤酒瓶底，一圈圈的，永远哈着腰眯着眼瞅你。一个黄昏，他老远冲着我吼："友诚、友诚"，我站在远处，不动也不响，邵伯火了，横过小腿，搁在膝盖上，取下单鞋，嚷道："我鞋你（名词动词化，北方怒语：用鞋砸你），"近瞧，"哦，大伟啊！见友诚了吗？"

邵伯伯高度近视，常闹笑话，那时家家毛坯房，石灰墙，说女人搽粉，白得像屁股，不必解释。白得像墙壁，那就是石灰墙。邵伯见墙上有个斑点，对着远处做功课的小女儿叫唤道："小萍，墙上有个蝇子。"小萍机灵漂亮，因为最小，所以任性，头也不抬，扔过一句："我不管！""你这个杂——种！"还有拖腔，京剧味的，看来还是个戏迷。男人骂自己的孩子"杂种"，等于骂自己，但杂种是黄河流域老农民的口头禅，怒时改不了口、刹不住车，破口而出。老邵骂骂咧咧的，只得自己起身，踩在铺上，踮脚，伸手一巴掌："嗨，又砸在钉子上了。"一个"又"，是屡犯！

隔壁39号二楼的老黎，"文革"前就是个不小的当权派，"文革"后期闲赋在家，大热天在家，光着膀子、穿着大裤衩，纯粹北方一瓜田老农，一天下午坐着啃西瓜，忽然楼下（后楼的）挨着楼上丢下的瓜皮，乘凉的不干了，抬起头嚷着骂着，老黎家对面三楼，发现这边二楼在啃西瓜，指着检举："二楼！"下面群起而骂。其实是三楼小军扔的，好玩呗，想不到成了栽赃。楼下指桑骂槐，越骂越响，老黎觉得越来越像在骂自己，霍地起来，站在窗口，腆着白大肚子，叉着腰，嚷道："马勒隔壁，我国家十二级干部，丢什么西瓜皮呀！"十二级干部可以看内部文件大参考，是高干！但与丢西瓜皮之间没有什么论证关系，让人莫名其妙。但那时的官，真的有官样，高头大马，相貌堂堂，叉着腰，站在窗口，后面房子乘凉的都镇住。其实，他的意思：十二级国家干部，素质好，不会丢西瓜皮！但抽掉了"素质好"，前后就浑身不搭界，就荒唐了，就有些"韩复榘"了。

我们这两个号里的邻居多南下干部，属于"许三多"：山东人多，吃大蒜多，开口"马勒隔壁"多。东北人往往是山东人闯关东的后裔，开口稍雅驯些："马勒个巴子"，首字母也是"马勒"，所以我的旧居简称："马勒公寓"。

金邻居

清明前后，麻将搭子就凑不齐，因为全城扫墓，今天这位，明天那位。等待坟前香燃而尽的时段里，忘不了给墓地上的“左邻右舍”拜一拜，念念有词：“相互照顾，拜托拜托。”希望待自己的祖先好一点，夜里走动走动，颇不寂寞。顺便还帮“左邻右舍”拂扫坟头落叶，以求“墓”邻友好，这叫修“阴”缘。

上海话里，搬家叫搬床，老一辈上海人轻易不搬床，就经济角度而言：搬三次床，等于着一次火。老邻居们隔墙而居，从毛头到老头，往往比与老婆相处的日子还长，中国对日外交也以此为喻：“邻居是搬不走的。”上海人很重邻里关系，口头禅里有“金邻居、银亲戚”。有个头疼脑热，尤其是中风，帮得上忙的还是左邻右舍；倘若等住在其他区的兄弟姐妹赶到，好有一比——“跷脚到了，会议散了”。杨浦区凤城四村有一批教师公寓，上世纪80年代分配给首批特级、高级教师，如今邻居们都七老八十，垂垂老矣，自顾不暇。他们的子女往往读书好，留学的多，定居国外的多，一对老人，住一个直套间，身边无子，膝下无孙，说话时四壁总有回应，收音机整天开着，“嗡嗡嗡”地回响，都是空巢的连锁反应。知识分子清高，高级知识分子尤甚，路上见了，颔首而已，礼貌就是距离，距离就是独立。一个屋檐下，老死不相往来，但楼上“咣当”一声，比如菜刀捏不牢而落地，楼下的会爬上来，只要爬得动，按着“膝馒头”，一撑一拐爬，敲开门，探进脑袋，看看有无意外，生怕老人摔倒，这就叫守望相助，身临其境才能体会到：“远水难救近火，远亲不如近邻。”

上世纪80年代的老公房，为了提高容积率，一个长走廊挨着一排四五家，就有四五扇门，还有四五扇窗，像蜂巢，更像牢房。老人路过窗口，都会本能地侧脸望望，看看有没有异常，见了老太在窗台下洗菜，就会招呼一声：“吃么仔？”这是工人新村里的老邻居，喜欢搭讪，这叫有人的“气米”（沪语：气味）。

至于石库门里弄，八点以后，大人上班去了，小孩读书去了，弄堂出空，鸦雀无声，九点过后，买菜的老太太们陆续回来，搬个矮凳，聚拢在弄堂口，拣菜闲聊，义务兼保安。凡陌生人出现，众目睽睽："侬寻啥人家啊？"如果是乡下亲戚，帮着高声吆喝："小木匠，捺绍兴大阿哥来了。"改革开放后，穿花衬衫的男子站在弄堂口，全体起立，同声高呼："阿毛，香港爷叔来了。"那个时代，左邻右舍的亲戚，邻居们不仅认识，还晓得辈分。倘若家里没有人，邻居会招呼到自己家，沏杯茶，午饭跟着邻居一起吃，客气道："小菜姆没（沪语：没有），饭要吃饱。"周末，隔壁传呼电话间里的红鼻头阿姨，跑到弄堂口喊："黄庭芳，接电话！""啥人？""姓王呃，是男呃。"这叫"放喇叭"。"不去！"楼上丢下厌烦的"石头话"，还有三分钱，这是传呼费。一会儿传呼电话又来了："阿芳，伊喊侬老地方碰头。"我们知道这是恶作剧，这一招叫"坏侬名气"。那时候，深思熟虑处了一个对象，就是准备谈婚论嫁了，上海俗语"敲定"，旁人就不能觊觎，脚踏两只船，要受人谴责。现在不同了，同时处几个，"韩信点兵，多多益善"，倘若责怪，做女儿的会理直气壮地告诉你："都是备胎。"婚前，女孩有几个叫"备胎"；婚后，男人有几个叫"姘头"。

石库门里，公用一间灶间，到了做饭时分，谦让很默契，你洗菜我煮饭，你炒菜我洗菜，唯一的水池轮换使用。逼仄的空间，左邻右舍们家长里短，互通信息。张家的饭潽出来，隔壁灶台的阿婆会帮忙揭开锅盖，煤气火苗搁小，然后跑到楼梯下面仰脖喊："阿毛啦娘，饭潽哉。"是个苏州老太，苏州人谓之"好婆"，名副其实，待人热心。也有凶煞恶婆，说起话来"石骨铁硬、咣咣响"，背地里小孩称之为"死老太婆地主婆"。

倘若有邻居讨媳妇办喜事，那么家家户户忙开了，首先让出房间，端出一叠齐胸高的饭碗，办酒席用。厨师像云游和尚，到此挂单，在弄堂里的空地上扯起帐篷，噼里啪啦烧起桌头菜。男方、女方的亲戚到了，邻居们先让进自家，端茶敬烟。

大学毕业后当过记者的副总编华正伦，住在澳门路的弄堂里，为人豪侠，深耽于酒，"不可一日无此君"。少不更事，不懂人情世故，采访结束，一旦牵扯出好的选题，直奔澳门路，老华缩在灶披间的门后角落里，跷着二郎腿浅酌低吟——"慢炖"小老酒（沪语："炖"音"踱"），与炒菜的邻居们有一句没一句地瞎聊，现在的话叫"拉讲"。老华是"文革"前复旦新闻系毕业的，发配到外地，下过矿井，也当过省委书记的秘书。上世纪80年代初为了团聚而返沪，那时正牌大学生很少，复旦毕业生更是金镶玉，属于"人中吕布"，在复旦同班同学的帮助下，创办了一家小报，只当了个业务副总编，大材小用，也有些不公。妻子是复旦生物系毕业的，甘当灶下婢，站着炒菜，老公的酒菜先烧一只出来，端到门后，将贴着墙壁的面板翻下来，九十度直角平面，就是桌面。然后再忙孩子的菜。炒菜的邻居们端着菜纷纷回房间了，灶披间只剩下老华，眼睛盯着天花板，发呆想心事。每次去老华家，到了弄堂口，远远地看到老华的后门半掩着，就知道老华坐在门后咪老酒。见我到了，老华伸直腿，用脚趾掂出一只矮凳，嘴一撇："坐。"既无敬称，也无客套，这就是老华。邻居炒好菜，端着上楼，总要侧过头来看看——"老华，今朝啥个好小菜"，体现出邻里间的关心。

现在文凭多了，人情少了，门对门十几年，从不打招呼，飙"小资"范儿，以孤立展现自立，以自立彰显独立，以独立凸显清高，于是抑郁症接踵而来，蜜蜂叮癞痢，专找脱离群众、与邻居"气割"的小资们，如鬼附魂。伴随着抑郁症，还有小偷们，趁虚而入，所谓"端坐家中，祸从天降"。

现在的邻居，不是金，不是铜，而是不防锈的铁，锈迹斑斑，横竖在那里，天长地久，老死不相往来。现在的左邻右舍，看不到人，只看到门。忽然想起叶挺的狱中咏叹："为人进出的门紧锁着。"

欣赏外滩

看外滩，站在外滩有些别扭，总是仰视，像只废了的抬头画眉。外滩更像宽银幕，你只能截取窄窄的一幅而已，要看十里外滩，那你必须费点脚劲走着瞧，顾此失彼，摄取的总是照片的一格格印象。

看外滩，应该在浦东。东方明珠太高，外滩小得成了一堆有规则的石头，成了西洋画里的小人国，标旗就是一块尿布，仿佛竖在石库门外，一闪一闪的。

突然发现，在浦东国际会议中心一侧，有一庞大带翼飞翔的玻璃建筑——海鸥舫，从浦西外滩望去，与江齐平，渐渐地有些下陷的坠感。它的底层曾是巨型酒吧，中央吧台的底座是一只只凸肚橡木酒桶，你要想充当16世纪海盗或者麦哲伦之类的水手，那么就倚着吧柜，仰面畅饮，但你必须豪迈得有些粗鲁，最好敞开衬衫，袒露出一身胸毛，否则，细皮嫩肉的奶油腔，就有些苏州人打架了，“那哼、那哼”，怎么也发不出狠劲。倘若你斜扣一只眼罩，一顶方格布帽，那是书生扮强盗，火候就有些过了，糨糊得很呢！

到海鸥舫的底层酒吧，最好临窗而座，那是平视外滩最佳观景台，外滩像三角的底线，锐角全部汇聚到你的一点瞳仁里。

白天的外滩有些陈旧，有些沧桑。下午，寂寞的酒吧可能就剩下你一人，要上一杯，此时看对岸的外滩，那是老上海的轮廓，感慨与怀旧，非常复杂的情绪。此时此刻，带上一卷董桥的散文，比如《乡愁的理念》，读上一篇《中年是下午茶》之类很怀旧的精致文章。阳光，从对岸的外滩洒落在你的双肩，如果冬日，那是很关怀的温暖，让你昏昏欲睡、低首如钩、垂涎欲坠。猛抬头，外滩背阳的阴面更暗更陈旧，下午开始坠落。宽天下的江面，缓缓东去，心头不免涌起孔子的喟叹：“逝者如斯夫，不舍昼夜。”第一次读它，还是少年时代，异常震撼，莫名惆怅，惊讶生命的短暂。今天下午，我目睹了相似的时间也在周而复始，可以流淌不尽，坐在这里，每一个下午不也一样的温暖、美好。海鸥永远在悠闲地滑翔，像泰晤士河上的老人，像空寂的酒吧，更像此时的心情。海鸥慢慢地下滑，下午慢慢地沉没，让你有些慵懒的感伤，感伤是美丽极致后的余绪。

这个下午，我体验到一首诗的境界："终日看山不厌山 ，买山坐待老山间 。山花落尽山长在，山水空流山自闲。"诗，最忌叠字，此诗居然每句两个"山"，四句八个"山"，不愧改革圣手，也显示出无奈。王安石曾是惊天动地的显赫人物，老来罢相，买山归隐，诗中一片恬静自愉。幸福不在于拥有，而是一种体验。坐待这样一个下午，只需一杯哪怕淡淡如水，愉悦如春水满山淌满心间。

天，终于暗了，外滩忽然亮了，一片闪烁，让人兴奋。临窗而坐，此时最好约一位红粉知己，一枝深红玫瑰，还有一杯高脚红酒，不谈青春不谈时尚，只是手握着手，默默地注视着夜景，旧上海已经焕然一新。玻璃坊内，一杯咖啡；玻璃墙外，一片灿烂。此时的外滩，一幅辉煌的宽银幕，尽收眼底。小时候看过《霓虹灯下的哨兵》，现在我才真正佩服它，怎么可能抵挡如此炫耀的诱惑，你身边的、你眼前的，唾手可得，好一个铁铸罗汉、石嵌心肠！最艰难的抗争就是拒绝诱惑。

有些旧谚语此时精辟得有些世故："观玉观其碎，观人观其败。"看外滩，最佳视角在海鸥舫，临窗而坐，看不厌，想不完，唉！中年的情绪有些烟蒙蒙，近似颓废。

漫画大杨浦

老上海的嘴里，杨浦区的称呼有个定冠词：“大”，大杨浦是杨浦区特殊的称呼，其他区是没有的，黄浦、徐汇、静安等，都是掐头去尾，前无“大”，后无“区”，赤膊称呼。大，原来是褒义词，套在杨浦区的头上，正话反说，好比《地道战》里的高老忠：“皇军好，皇军不抢粮，不放火”，用表扬来放大缺点，更加骇人听闻、触目惊心。

大上海：显示出海纳百川的大气，是褒义词。大杨浦：就是大喇叭，有点粗糙。

上海最早的工业文明，缘于大杨浦的黄浦江段开始，那里集中了近代工业：码头、钢厂、纺织厂。所以杨浦区工人多，苏北人多。苏北人豪爽，有句特别性格化的俚语：“乖乖龙底洞，韭菜炒大葱。”韭菜、大葱乃寻常物，到了苏北人的嘴里，大呼小叫。乖乖，惊叹词前置，先声夺人，如古人悼词的开头：“呜呼哀哉。”

杨浦区工厂多，部队多，旧警察多。公安局的职工大楼集中在鞍山五村，那里山东籍警察多。我住在六村39号、40号，是北方区域海上管理局的家属楼，邻居大多数也是山东人。山东人是什么？也有性格化语言为证：

“这是谁？”“这是我！”“上哪去？”“上便所！”起夜上厕所都是那么抑扬顿挫、铿锵有力、猎猎旌旗、赳赳武夫，泣鬼神、动天地。

大杨浦集中了苏北人、山东人，这两个区域的民风有个共同点：憨厚直爽。大杨浦因此而粗犷。我最先学会的是山东人的笔名：“马勒隔壁”。三句话不投缘，“捣他！”捣是动词，是苏北话，相当于上海本地的人“夯！”苏州人的“揎！”山东话啰唆些：“砸挺了他，算完！”“捣”，好像是古诗“万户捣衣声”的“捣”，动作是武松打老虎的姿势：从上往下，很有些“飞流直下三千尺”的垂直感。

大杨浦有些粗率直爽，相比于徐汇区、黄浦区，好比美国佬与老欧洲的差异，我以此为豪。这么多年，我以大杨浦人自居，自称“大杨浦”，好比人家喊

"大块头"，虽然贬义，但是亲切。

如今，我偶尔"受宠若惊"地参加高雅聚会，从不讳言出生地："大杨浦"。我在《新民晚报》《新闻晨报》写专栏，但《杨浦时报》的约稿有求必应。我的副业：炒房产，现在也住到所谓的高尚地区，但我在鞍山六村的房子依然还在，号称"生前旧居，身后故居"，我永远不会出售牟利，这样就有理由回杨浦，有理由号称"大杨浦人"。上次回鞍山六村，顺便去隔壁的电视大学中文系教员休息室坐坐，复旦出身的陆亚萍"祖籍"鞍山四村，她是我的朋友，她的同事也成了我的朋友，这叫"搭电麻电"，都是"老唱片"级别，亚萍见面就放喇叭："啊哟哟，老华侨回来了"，还是大杨浦脾气。最近杨浦的大块头三宝，参加画家黄阿忠的家宴，临结束时，大呼小叫："阿哥，有空到阿拉大杨浦来跑跑，我拉只场子，侬拨（上海话：给）只面子。"依旧"大拇指跷跷，耳边脑后挥挥"。

相比上只角，大杨浦是王朔、是赵本山、是蓝边粗瓷碗、是《乡村爱情》，充满了底层社会的直率与亲切。

大杨浦工厂多、大学多、部队多，还有拍胸脯的朋友多。我有一首《新正气歌》："工人的脾气、文人的秀气、江湖的义气、军人的火气，该出手时就出手，风风火火闯九州。"既是自勉，也是"大杨浦人"的性格多样化的写照。

大学有位黄姓同学，住在徐汇区那种老洋房里的灶披间，附骥凤尾，很有些地域自豪感。大杨浦到了他的嘴里：下只角！好酒变醋。下只角是地图上的方位，在"上只角"的嘴里，下只角就是下水道，是腋下、胯下、短裤、鞋垫，按雅俗之分，是钢琴与胡琴、恒隆广场与麦德龙超市、静安面包房与永和豆浆店、西点饼屋与大饼油条店。

他的发嗲口头禅："宁要徐汇一张床，不要杨浦一间房。"拥有一间房，那是一家人的生活；仅靠一张床，那是小姐们的生活，有顺口溜为证："一不偷、二不抢，经营全靠一张床。"

一张床？好像生活有点不清爽。

童谣之趣：胡说八道

童谣与诗歌具有同父异母的基因：押韵，“从前有个老伯伯，年纪活到八十八，早上头八点钟起来，乘仔八路电车，跑到八仙桥，买仔八碗八宝饭，一共用脱八块八角八分八厘八毫八”。

押韵之余，与诗词分道扬镳，从此各奔东西，可以开无轨电车，可以乱话三千，可以脚踏西瓜皮，滑到哪里算那里：“康铃康铃马来哉，隔壁大姐转来哉。啥个小菜？茭白炒虾，田鸡踏杀；鸦告状，告拔文王；文王卖布，卖着姐夫；姐夫关门，关着苍蝇；苍蝇扒灰，扒着乌龟；乌龟拆屁，拆得满地。”从“阿姐转来哉，到乌龟拆屁”，之间关系：远开八只脚，浑身不搭界。原来，童谣可以瞎三话四的呀！

童谣不讲意境，但求趣味：“今朝礼拜三，上海来了个小瘪三。着么着件白衬衫，撑么撑顶黑阳伞。拖么拖双木拖板，跑么跑到凤凰山。凤凰山上跌下来，屁股跌得粉粉碎。打只电话三零三，三零三医生猪头三。”这个瘪三大概来自杭州。当年的上海，看不起外地人，“文革”期间有个段子：“在广东人眼里，全国人民都是北佬；在北京人眼里，全国人民都是部下；在上海人眼里，全国人民都是阿乡。”阿乡与瘪三，在老上海人的眼里，一对难兄难弟。从童言无忌中，可以看出大人的倒影：歧视！

童谣里，充满了无厘头，“一二三、三二一，一二三四五六七，七十八、八十一，再加九九八十一”，纯粹押韵，以便顺口，里面有字词，无意义。童谣是小孩的心声，可以看出小孩的趣味趋向，好玩即佳：“从前有座山，叫黄昆山；山浪有条路，叫叽哩咕噜；路边有只庙，叫莫名其妙；庙里有只缸，叫四大金刚；身浪有把剑，叫看勿见；来了两个官，一个叫笔套管，一个叫痰盂罐……”围绕着韵脚，胡说八道，串连出浑身不搭界的片段，凑成乐子，只要好玩，不顾逻辑。童谣里，最忌逻辑，最爱荒唐，因为搞笑，好笑是流传甚广的风：“一稀奇：麻雀踏煞老母鸡；二稀奇：小脚姑娘挑河泥；三稀奇：楼房砌在鸡棚里；四稀奇：帆船开了阴沟里；五稀奇：黄牛关了鸟笼里；六稀奇：八仙桌装进拎包里……”可能哦？不可能才搞笑，童谣可以恶作剧、寻开心、胡说八道，这才叫童言无忌。

太平盛世，开始怀旧。现在网上热炒童谣，按上海古籍出版社出版的《唐诗一百首》惯例，凑成上海童谣一百首，大概编辑者曾经是个乖孩子，传承圣人的编辑方针：“子不语怪力乱神”，童谣一百首最大缺陷：没有邪恶！如此童谣，这是仿真，不是全真，不像小赤佬写真集，更像好孩子宣传片。邪恶是童谣中最有趣的儿童心声。

我小时候算不上好孩子，属于“皮蛋”一族，所以我们嘴里的儿歌有些邪乎：“肚子里的气，鼓来鼓去，一不留神，把它放出去，放屁的人，得意洋洋，吃屁的人，提出抗议”，边走边扭屁股，仿佛一扭一个屁。还有捉弄人的，当着你的面：“今天我进城，看见一个人，脸上的麻皮一个接一个，大的像太阳，小的像月亮，最小的最小的还有两斤半，如果你不信，带你去参观，参观的地方就在你脸上”，最后一句，揭出谜底，食指也触向对方的脸蛋，就像鼠标亮点标示。现在的孩子，比我们那时有文化，引经据典玩穿越：“半夜三更，鸡叫三更。李白起床，打扫卫生。为了省钱，没开台灯，扑通一声，掉进茅坑。”相比“小兔乖乖，把门开开”，哪个趣味更浓郁、更淳朴？相比之下，前者几乎贼臣乱子：“人人喊打”，但他们敢恨敢言更好玩；后者是好孩子的童谣，是披着羊皮的，善良得有些伪善。

童谣是时代的倒影，现在社会不讲规矩，为人处世常常踩底线、破底线，社会的风气倒影于童谣这口水池里，虚幻而真实：“人是猪，性本善。不做作业是好汉。考试不会怎么办？光明正大抄答案。老师发现怎么办？拿把菜刀对着干。干不过，怎么办？呼叫无敌奥特曼。奥特曼，飞得慢，飞到凌晨三点半，丢个原子弹，炸得老师稀巴烂。”现在的分数教育，逼着老师扮演恶魔，而不是天使；逼得孩子背地里高喊“闹革命、搞独立”。这首当下童谣里，有三字经的篡改，看出这个时代孩子的阅读量；有奥特曼，看出时代的科技含量；有孩子对当下题海教育的厌恶，看出人类的本性：反抗权贵。

童谣，不仅仅是白雪公主、白马王子、灰姑娘，还有邪恶，借助童言无忌，可以酣畅淋漓地表现出人类内心深处的阴暗，等到大了，不能说了、不敢说了，世故了，人类就不好玩了。这就是童谣的可贵：人类的隐秘本心的窥视镜。

童谣缺少促狭，就缺少乐趣。这样的童谣一百首是不完整的、畸形的，是残疾儿童。

称呼大兴得很

如今，在街上听称呼已分不清相互之间的亲疏、辈分，如果查字典，“帮帮忙，阿会弄错哦？”称呼早就乱了。

上海滩上，凡是有一面之缘的半生不熟者，充其量喊喊老张、小王，但往往以“我的朋友……”称呼，其实他连姓什么都忘了。是面熟目生，老远就伸出吊车的手，高呼“嗨，朋友……”这叫海派。现代人的逻辑：认得就是朋友。

其实不认得也叫朋友了。马路上问路、自行车相撞、人车相擦，两个人吵，半马路看，吵得再凶，称呼倒蛮客气：“朋友，侬哪能？”这是绵里藏针的挑衅。围观者相询也是“朋友，哪能啦？”这是一无所知的询问。劝架的也是“朋友，算啦”。朋友比“小赤佬”“老棺材”“小贼”“婊子啦儿子”文雅，是古汉语中的敬婉词，不易触火爆炸，但实在听不出他们之间的爱憎态度。倘若盲者，还以为是一群亚非拉人民团结在一起那。

上世纪三四十年代，有“我的朋友胡适之”，以讥高攀名人，胡适也好承诺写推荐信，可惜有些滥得贱了，所以有这一讽喻，可见朋友是要帮忙的。有流行歌词为证：“让我将生命中最闪亮的那一段与你分享，让我用生命中最嘹亮的歌声来陪伴你，让我把心中最温柔的部分给你，在你最需要朋友的时候……”后来朋友是熟人间的尊称，有道是：“朋友朋友，碰碰揩油”，能揩油肯定是熟人啦，比如借了菜票不还，你喝酒也免费凑上一口之类，结果，“朋友朋友，碰碰没有”。现在，朋友只是一种对人的滥称了，不分生熟、敌我。尤其是不知对方尊姓大名时最好的招呼借口，朋友因此也退化了。现在要表示过去那种朋友情义的密友，改称：铁兄弟、老兄弟。最好再冠以骂人的诨话，更见情分。现在，是非有些糊了。后怕的是，总有一天，铁兄弟也退化成一种滥称，只能用粗话来表现亲密，越粗越见交情，那就好听得不能再听了。

当然，女性见了男性，尚未滥用朋友，否则有点十三点兮兮，一概称之“先生”。先生是看不见青春与元老差异的。反过来，男人见了女人，现在都称“小姐”。小姐的“小”是一种青春的媚词，女人很喜欢，于是出现一种趋势，尚未成太婆的都嫩嫩地喊上“小姐”，到店里买东西，“小姐、小姐”地喊是没有错的。至于电话里听到尖声细声，哪怕再老，也会脱口而出：“小姐”，这叫脱口秀。就像到了医院，见到穿白大褂的就喊“医生，医生”，哪怕护士，甚至太平间的护工，医院里最尊贵的职称是医生，这就是做人的门槛：牛皮拣大的吹，闲话拣好的讲。人，是很虚荣的。

不过，更尴尬的是，“亲爱的”原来语，是情人、夫妻、母子之间的爱称，现在，有些女孩子怀里抱个很大兴的宠物，嘴对嘴地乱喊“亲爱的”，不仅亲疏、辈分没了，连物种也混了，我倒要走近达尔文的古坟，叩问他的石碑灵魂：我们到底是什么？翻翻他老人家的那本巨著《物种的起源》，大概属于开卷第一页的地位了。

解读黄包车

黄包车的出典，就看谁解读了。

在江湖导游的嘴里，“一本正经”就被歪嘴和尚念歪：“黄包车？就是姓黄的老板包的包车。”照这个逻辑，“红木就是红的木头”“老板娘就是老板伊拉娘”。在今天，江湖导游不是传播知识，而是传染病毒。好的老师“不仅授人以鱼，而且授人以渔”，差的老师“不能授人以渔，至少授人以鱼”。看风水的“不仅授人以娱，而且授人以愚”，江湖导游 “不仅授人以欲，而且授人以愚”，在他们看来，娱乐百姓到愚弄百姓，不过五十步笑一百步。

黄包车是黄的，但不姓黄。1913年英租界工部局为了与私人包车区别，规定人力车都必须漆以“黄”色。在它之前，1899年，私人的人力包车都漆黑色。黄老板的私家包车，应该是黑包车，但黑，有非法、地下、见不得人的含义，比如黑户口、黑孩子、黑道、黑车。私家包车虽然“黑”，但不能简称“黑车”。名贵轿车往往是黑色的，可以不厌其烦地全称“黑颜色车子”，但不能简称“黑车子”，那是殡仪馆运尸车。

黄包车是日本人发明的，一圈车把在前，两只车轮滞后。大街小巷进出自如，便宜、便利，盈利前景很好，但欧美国家拒绝引进，因为人力拉车，将人作牛马，1873年法国商人米拉以“手推车”名义申请，引入中国。

其实黄包车不是推车，是拉车，车柄很长，这样既可以与坐客保持一定距离，身上的汗味、一不留神挤出的“阿摩尼亚”气体也不至于波及坐客，雾化而流散于前后长距离的空气中。同时也便于车夫凭借车把的不同位置，借力、用力，比如下桥，惯性大、车速快，车夫往往跳起来，两腋夹着、压着车把末端，整个身子有时会旋起来，脚尖点地“飞也似的”，不住高喝：“11路来哉！”悬空的双腿，活脱脱的“11”路象形字。如果屁股后坐着一外国胖子，哪怕平地，车把也会翘起，车夫根据车速快慢、路段宽窄，利用车把的前、中、后，或夹或捏或拖，巧妙运用生活中的物理现象，接力、省力。

黄包车最大的变化，不是车型，而是车轮。早期是箍铁木轮，1910年起，英租界鉴于铁箍轮有损路面，以吊销所有铁轮车执照的霹雳手段，强行推广橡胶轮车，这次更新换代，证明“上层建筑也会促进经济基础”的。橡胶轮胎先是实心轮胎，后来出现充气轮胎。

原先的坐垫，好比门板折叠，又硬又板，改良过程没有经过棕绷坐垫，一步到位弹簧坐垫。不过拐入弹硌路，就像现在虹口保留的老街多伦路，不得不“吃弹簧屁股”，真生活！

作为上海主要公共交通工具，过去的黄包车与现在的出租车惊人地相似。私家包车漆成黑色，不得用于公共运输，否则就是拉“黑车”，一目了然，便于监督，这就是英国人的精明。黄包车往往隶属于车行，现在叫公司，车夫租用。每辆车都有照会，搪瓷的，有“大”“小”之分。大照会可以通行英、法租界与华界，小照会只能通行于法租界与华界，不能进入英租界，英租界就是南京路为轴线的市中心。如同现在C牌照，只能通行于郊区，不能进入市区。一车也是两人对倒班，出租车是做一天歇一天；黄包车则是白班、夜班对倒，白班从凌晨五点至下午三点，夜班从下午三点至凌晨五点。拉黄包车的车夫都是外地人，以苏北盐城一带为多，天蟾舞台的老板顾竹轩拉了七年黄包车后，由“流氓无产者”晋升到“流氓有产者”，仅次于黄金荣、杜月笙、张啸林，在上海滩属于“市级模子”。

洋人坐黄包车，语言不通，揣屁股为信号，揣左左转，揣右右转，上海老话叫“吃外国火腿”。“司的克”（stick，文明棍）敲背就是加快，真把人当会说话的牛马。

黑包车往往服务一家，送孩子上学、送先生上班、送太太购物。曾经有位《文汇报》的老记者谈往，解放前，编完稿子已经深夜，出门有包车静候，坐上，将格子毯盖在他的膝盖上，然后问：“先生，拉块？”（苏北话：哪里？）“老地方”，车夫心领神会，拉他想去的地方。

闹猛地段，黄包车左转右拐、见缝插针，开心了，还会相互飙车，轻而易举地超越汽车，穿弄堂、抄近路，价廉物美，一般市民都坐得起，相当于现在坐摩的。

上海开埠后，大众代步工具，先是推的独轮车，别号“江北车”，后来拉的双轮车——黄包车，又称“东洋车”，后来是“三轮车”，上世纪70年代还出现过三个轮子的塑料挡风板、篷帆为车厢的汽车，俗称“乌龟车”，同时期的郊区车站码头，自行车后座搁块长板，用来载客，民间称“二（读ni）等车”。现在都是四轮车了，上海人称："四轮车啦阿哥"。

黄包车的克星不是轿车，而是近亲繁殖的三轮车，20世纪30年代初问世，到了1947、1948年，黄包车基本绝迹。

怀念有点钱的日子

有钱没钱，要看年代。

上世纪80年代，在路灯下请朋友吃熟菜，对“做人家”（节约）的上海人而言，熟菜属于常“熟”路人家的开胃点心（常熟路：上海苏州河以南、西藏路以北的上只角——非富即贵的区域），属于足以引来“吃瓜”群众围观的奢侈行为。熟菜之外，桌下还竖着啤酒空瓶子，吃菜还要配酒，等于“吃粽子还要蘸糖”——过分啦！

为了节约电费，选在路灯下；为了豁胖（沪语：打肿脸充胖子），选在十字路口，上班下班的左邻右舍都看到了，跷起大拇指：侬大出来了！听了有些激动、有点儿喘。赤膊，膀上耷拉条毛巾，擦汗，这就是当年开始有钱的素描，浓郁的劳动人民烙印：朴实、粗壮。那时吃苦可以致富：从卖葱姜到卖蔬菜，卖水产到卖水果，卖一季西瓜到卖四季水果，卖袜子到卖短裤，从卖睏衣睏裤到卖衬衫衬裤，再到西装西裤，一步一个脚印，然后一个台阶，相当于奥拓到奥迪，社会消费在进步，买卖也在进步。

那时做生意，钱，不是来自银行的借贷，除了父母，就是同学、朋友间的拆借。学习成绩好的同学是绝对借不到的，他们精于计算，所以数学好、分数高。肯借钱的往往是数字概念没有的坏孩子。同学、朋友间的借贷没有利息，全凭交情，还钱的时候“撮一顿”（吃一顿），在路灯底下吃熟小菜，算是利钱，配上啤酒，相当于浇头。

那个时候，钱，有人情，有温度，有兄弟义气。钱，不是学者笔下冷冰冰的数字，不是夏洛克索要的血淋淋一磅肉，而是热腾腾的一锅红烧肉。走过路过的熟人都可以塞个座坐下来，举起啤酒瓶朝天吹喇叭，友谊不仅明目张胆，而且明火持杖，不是夸张，而是嚣张。当时的虹口、杨浦一带，开心时刻的习惯手势：拍着桌面，高声嚷着口头禅：“谈啥？只要开心！”熟面孔熟小菜，那时的人情世故：不熟不吃，现在堕落为传销与保险的术语了。

90年代，我买了一台33英寸夏普彩电，邻居小矮子——站在身旁，就像拎了一只竹编壳的热水瓶，人送绰号：热水瓶盖头，盖头比瓶更加渺茫 —— 帮着我抬上公房二楼，上楼梯时，小矮子倒走在前，等于上位，正好与我平衡，他边抬边冲着我啧啧羡慕："阿哥，格记（沪语：这次）侬上去了。"那个时代，一副大饼油条，可以让一个颇有姿色的女孩跟你哼着《一条小路》，走入"一条小路"，四十年前叫拷定，四十年后叫搞定，普通话浸润上海话的结果。万元户属于大户，我做小生意，赚了点辛苦钱，居然花七千元买了台日本原装电视机，那个时代，勤劳可以致富。幸福很便宜，唾手可得。

进入新年代，始于1997年的商品房市场，2004年出现第一波暴涨，随后一年一小涨，五年一大涨。因为房产涨了，有房者，晚上睡着也有进账 —— 租金，白天坐等起价 —— 涨价。过去开门面、守铺子，睡着还要付房租，醒来就要付工资，一不留神就蚀本，赚点钱汗水"汤汤滴"！一不注意就违规，就罚款，做生意像做贼，心惊肉跳。现在，可以不劳而获啦！从此往后，风水变了：劳动只能养家，资产才能发家；投身经济致富，投资金融暴富。房产是金融产品，30%首付款拥有100%的使用权，债成了你赚取息差的本钱，拿自己的钱做本钱，这叫经济：靠劳动赚钱；拿别人的钱做本钱，这叫金融：以钱生钱。作为上海人，你可以不学物理，但必须知道杠杆原理，它可以撬起不属于自己的财富，滚到自己一边，由负翁变富翁。养家靠劳动，发家靠借债，借钱找银行，朋友之间只剩下酒肉了，借贷关系没有的，患难与共的道义开始冰雪消融，一诺千金成为古代、传奇、云彩、白雪公主。

如今房子因区域而将人区分出三六九等，曾经的发小，成为闰土，你的家，不好意思来了，曾经的同学，偶尔手机里相闻，老死不相往来。

我怀念有点钱的80年代，那个时候，钱是润滑剂，朋友来了，不分早晚，乘性而往，私闯民宅、登堂入室，昂首阔步，不脱鞋、不脱帽，"走道厅"里，从墙上揭下一张贴墙的桌面，两只方凳，面对面，一把花生一瓶酒，只要辣，管它烈与劣，喝个通宵，举起杯，以郭小川的诗，应眼前的景："三月的天，雷对雷；钢铁工人锤对锤，今晚咱俩杯对杯"，菜没了，眼没了，睡着了。那是个文学的时代，全民作诗做梦。

那时候发点财就请客，所谓"出血"。如果当天一款衬衫，像发牌一样畅销，晚上一定呼朋引类，坐着夏利，直奔乍浦路，90年代虹口的乍浦路美食一条街，开始红火。朋友、朋友的朋友均可分享，我的钱可以是你的钱，你的朋友可以是我的朋友，那时流行一句话："酒么水么花么，钱么纸么花么"，句尾上翘。一桌酒席，正应了一句顺口溜："找些不三不四的人，花些不明不白的钱。"那时候没有房产，没有地段，没有阶层，只要是朋友，都敢上你的桌，吃你的、喝你的，端起杯子喝酒，放下筷子骂你，借酒耍疯，数落些你曾经不地道的蠢事，这叫酒后吐真言。做东的还必须笑纳，这叫雅量，也叫民主，做大哥的腔调。否则下次请客就没有人来了，孤家寡人就不好玩了，钞票就成了锡箔。

今天，财富的膨胀，尤其房价的高涨，地段的出现，阶层出现了，楚汉界河明显了，有尊严的不来了。现在大家见面都在酒店里，西服西裤、领带吊带，如一群企鹅，一群装模作样的老克勒，聚拢在水晶吊灯下，"花些不明不白的钱，说些不痛不痒的话"，没有了"不三不四的人"，趣味没有了，温度没有了，只剩下三部曲：喝酒、吃菜，然后服务员催你散席，作鸟兽散。

那个时代过去了！